Antoine Blondin

Un singe en hiver

La Table Ronde

— Il est si jeune.

Quentin acquiesça. Pourtant, il savait que Gabriel Fouquet n'était pas si jeune : trente-cinq ans. Les yeux frisés, les cheveux bouclés, le col ouvert, une harmonie hésitante dans les gestes, allégeaient cette silhouette fragile et un peu inachevée...

Personne ne saurait mieux peindre Antoine Blondin qu'il l'a fait lui-même dans ces quelques lignes d'Un singe en hiver. Le personnage de Gabriel Fouquet lui ressemble comme un frère.

Antoine Blondin est né à Paris, au printemps 1922. Il a fait ses études au lycée Louis-le-Grand et obtint le deuxième accessit au concours général de philosophie. Il est licencié ès lettres. Sa mère est la poétesse Germaine Blondin.

Pendant la guerre, Antoine Blondin est envoyé au S. T. O. qui lui inspire L'Europe buissonnière. Chaque année, il devient compagnon du Tour de France et suit la grande course cycliste pour un journal sportif. Il émaille cette épopée de ses calembours inimitables. Mais sa vraie passion, c'est le football.

Il y a une légende Antoine Blondin : c'est le nonchalant que son éditeur doit enfermer pour lui faire terminer ses livres. Le noctambule qui découvre, chaque nuit, une métaphysique dans la machine à sous d'un bar-tabac de la rue du Bac. Nul ne sait mieux provoquer l'amitié que ce danseur de corde, toujours en équilibre instable entre le malheur d'exister et le bonheur d'écrire.

Son roman donne la même impression qu'une partition de Schubert. Le chant célèbre l'amitié. L'accompagnement exprime la solitude et le désespoir.

Quentin, qui a fait les campagnes de Chine, est hôtelier dans une petite plage normande. Jadis, il était un fier ivrogne. Mais, au débarquement, il a fait le vœu, si sa maison et sa femme étaient épargnées, de ne plus toucher un verre.

Un hiver, tandis que l'hôtel sommeille, un client se présente. Gabriel Fouquet. C'est l'archange de l'alcoolisme qui débarque chez Quentin le repenti.

Fouquet est seul. Il a divorcé. Son amie vient de le quitter. Il est venu se réfugier dans cette station parce que sa fille, Marie, une adolescente de treize ans, y est pensionnaire. De loin, comme un voleur, il guette ses jeux, ses promenades.

Les hôteliers devinent à moitié ses secrets, se prennent pour lui d'une affection qu'ils ne peuvent réprimer. Par amitié, Quentin trahira son vœu. Les deux hommes prendront une cuite mémorable. Puis Fouquet repartira, plus seul que jamais.

Ainsi, en Chine, l'hiver, des singes égarés se réfugient dans les villes. Quand ils sont assez nombreux, on chauffe un train pour eux, et on les renvoie vers leurs forêts natales.

CHAPITRE I

Une nuit sur deux, Quentin Albert descendait le Yang-tsé-kiang dans son lit-bateau : trois mille kilomètres jusqu'à l'estuaire, vingt-six jours de rivière quand on ne rencontrait pas les pirates, double ration d'alcool de riz si l'équipage indigène négligeait de se mutiner. Autant dire qu'il n'y avait pas de temps à perdre. Déjà la décrue du fleuve s'annonçait aux niveaux d'eau établis par les Européens sur les parois rocheuses ; d'une heure à l'autre, l'embarcation risquait de se trouver fichée dans le limon comme l'arche de Noé sur le mont Ararat. Quentin se complaisait à cette péripétie qui lui permettait de donner sa mesure : sans tergiverser, il s'enfonçait à l'intérieur des terres pour négocier l'achat d'un train de buffles et soudoyer des haleurs, qu'il payait en dollars mexicains d'un change plus avantageux que celui de la sapèque. Les tractations n'allaient jamais sans subtilités, car les Jaunes exigeaient d'être rémunérés au préalable. C'était l'instant raffiné où Quentin, seul Français parmi des milliers de Chinois cupides et fourbes, leur opposait sa propre impassibilité, qu'on n'eût pas attendue d'un fusilier marin de cet âge. Un sourire aux lèvres, il déchirait en deux les billets de banque du gouvernement, ce qui les rendait inutilisables, et n'en concédait qu'une moitié au chef de chantier, se réservant de lui remettre la seconde lorsque le travail serait accompli. L'Asiatique s'inclinait en connaisseur devant ce trait d'ingéniosité qui coupait l'herbe sous les crocs-en-jambe. Et la navigation reprenait son cours sur l'oreiller, doucement d'abord afin d'éviter les cadavres à la dérive de certains buffles qu'on avait dû faire entrer dans l'eau jusqu'aux cornes. Mme Quentin ne s'était même pas réveillée.

Parfois, on croisait une jonque des factoreries chargée de peaux de yaks qu'on amenait du Tibet pour en extraire le musc, parfois aussi des sampans débordants d'excréments humains, cotés au poids de l'or à la Bourse aux engrais de Tchoung-king, plus rarement la canonnière britannique déléguée par les cinq nations concessionnaires pour garantir ce trafic compromis par des riverains versatiles. Il arrivait qu'on rasât un village, ou plusieurs. La lueur des incendies où s'abîmaient les paillotes se confondait alors avec le reflet des zèbres flamboyants que les phares des voitures, filant vers Paris, faisaient cavaler par intermittence sur les murs de la chambre. Quentin ouvrait les yeux, écoutait le battement ordonné de l'horloge au cœur de l'hôtel reconnaissait avec indifférence que la soixantaine avait sonné. Autour de lui, c'était l'automne. Son « blanc » de quartier-maître, tenue tropicale, était trempé de sueur comme aux plus beaux jours de la saison des pluies. Il se levait pesamment, changeait de chemise de nuit dans l'obscurité et piochait à tâtons dans un pochon de bonbons glissé sous son traversin, en essayant de dépister ceux à l'anis qu'il n'aimait pas, peut-être parce qu'ils ressuscitaient encore la saveur du pastis.

M. Quentin avait commencé à sucer des bonbons peu après qu'il eut décidé de cesser de boire. Un lundi de Pentecôte, un client de passage lui enseigna ce dérivatif. Il le remercia en lui offrant un verre. Car ce client-là continuait de picoler, comme presque tous ceux du Stella, et c'est ce qui élevait le prix de la conversion de Quentin, surtout dans les débuts où il lui fallait se cramponner à son bureau de la réception quand l'apéritif ramenait les hommes au café de l'hôtel.

— Albert, je te prie, j'ai besoin de toi aux cuisines.

Le visage providentiel de Suzanne Quentin apparaissait sur le seuil de l'office. Le sacrifice consenti par son mari l'embellissait. Cette âme fondante avait dû prendre de son côté quelque résolution. Elle était passée de la résignation à l'espérance sans condition. Dans son idée, le ménage était en voie de refaire sa vie. Le monde ignorait à quel point elle se sentait disponible, sauf pour l'irréparable enfant qu'à deux reprises elle n'avait su achever.

— Laisse, mon petit, ça va. J'ai à travailler.

Albert Quentin penchait vers son épouse sa lourde face veinée de bleu : ils se comprenaient, savaient que l'alerte était chaude. Ils évitaient

d'en parler, comme de toute chose, et l'on continuait d'ouvrir une bouteille de vin sur la table, dans
la minuscule salle à manger qu'ils s'étaient ménagée
à côté de la lingerie. A la fin de la semaine, les
bonnes la vidaient en compagnie de leurs amoureux,
solides gaillards pour qui ces problèmes ne se posaient pas.

Suzanne avait eu la sagesse de ne jamais rien
démontrer, ni exiger. Quentin n'aurait pas admis
de se faire l'esclave d'une cure de désintoxication
ou d'un caprice de femme. A l'époque, ses colères
étaient redoutées dans la région et il flanquait
volontiers les gens à la porte. Le reste du temps, il
présentait une ivresse impénétrable, l'œil tourné en
veilleuse sur une épaisse rumination intérieure. Ses
compagnons prétendaient qu'il était soûl debout.
Quentin, en effet, était un homme debout ; c'est
pourquoi, un soir, sans raison apparente, il avait
déclaré : « Je m'arrête. » Plus que l'esprit de
gageure, le respect envers soi-même, sa parole,
avaient contribué à l'affermir dans les premiers
jours. Ce n'est que par la suite, très tard, qu'il avait
pris des remèdes en cachette.

Les nuits qu'il ne descendait pas le Yang-tsé-
kiang, Quentin se revoyait couché à plat ventre
dans un herbage de la côte normande, la tête
appuyée contre l'argenterie, marquée H. S., de
l'hôtel Stella. De souples fusées vénéneuses se
balançaient au-dessus des troupes allemandes qui
abandonnaient les bains de mer. Le feu roulait
dans le ciel, l'ombre s'émouvait sur la terre. Au

flanc des étables, des chars d'assaut froissaient leurs litières ; des projecteurs s'allumaient en jets de poignards, à hauteur d'homme ; quatre soldats décoiffés apparaissaient cloués au mur calciné contre lequel ils se déboutonnaient ingénuement, le nez sur le torchis, au coude à coude, comme des otages. Au loin, vers le rivage, les perles de la Manche se retournaient l'une après l'autre dans leurs écrins fumants. Quentin, blotti sous un pommier, souffrait de se taire.

Ces images illustraient un tournant de sa vie, l'option à laquelle la guerre en son crépuscule l'avait contraint, sans crier gare. Elle avait mis longtemps à le rejoindre, cette guerre fardée de jeunesse qu'il appelait sous la couette, dès que Suzanne avait tourné le dos. Et voilà qu'elle était venue, toute pourrie, rôder autour de lui, le provoquer, le désigner à l'impuissance. Quand on s'est bien mis dans la tête que ce sont les putains qui nous choisissent, l'existence n'est pas simplifiée pour autant. Au lendemain du débarquement, l'ennemi avait ordonné l'évacuation totale de Tigreville. L'hôtel Stella, transformé en bastringue par l'occupation, se changea en blockhaus sans qu'Albert eût à intervenir. Pour sa grande gueule, soumise à rude épreuve durant quatre années, ce fut le coup de grâce. Il refusa d'accompagner sa femme, repliée sur Lisieux avec deux malles et les papiers de famille, demeura seul à la limite de la zone interdite, énorme sous le cataclysme. Du matin au soir on le voyait tituber entre les gravats, affublé d'un casque colonial dont il s'autorisait pour gravir son perron et traiter en marmitons les sentinelles, ses anciens clients. Au couchant délicieusement nomade, il se réfugiait dans une ferme désertée, serrant dans un balluchon de trimardeur les trésors qu'il s'employait à distraire au désastre imminent. Hautes, désolées, les campagnes attendaient. Pas longtemps. Les nuits, modestes, s'ingéniaient à raccourcir pour laisser toute la scène aux journées historiques. Bientôt l'aube déployait ses filets. Étendu dans la luzerne, Albert s'amusait à dénombrer les merveilles piégées aux nasses du sommeil : amants encore tièdes, comestibles si l'on prend soin d'enlever le cœur : ivrognes dont les escalopes ont beaucoup macéré dans les marinades aromatiques ; célibataires sur canapés odieux aux blanchisseuses. Ces grappes de noyés, à peine moins réels que ceux que la marée alignait sur la grève, remontaient à la surface de sa mémoire et il les accueillait avec des mots oubliés. L'homme est un lent et patient plongeur. Pour la première fois depuis son service militaire, la belle étoile lui était rendue, comme en Chine.

Mieux, le 13 juillet 1944, une conjuration de projectiles s'assembla sur Tigreville, enjeu dérisoire. Des villas qui n'avaient pas vu le soleil depuis l'impératrice Eugénie s'ouvraient comme des maisons de poupées au soleil de minuit ; le clocher fendu en deux découpait sur l'horizon une silhouette de plongeoir ; le casino de pacotille sautait à tout-va. Dans le brouillard sulfureux qui enveloppait la falaise, Quentin devina que l'œuvre de sa vie étroite menaçait de s'écrouler, et avec elle le bavardage et l'écœurement des jours. L'oiseau de l'avenir, malheureux dans sa cage, se reprit à chanter sur la plus haute note. La déchirure allègre et poignante d'un divorce s'installa chez Albert. Ce qu'il n'avait pas eu l'audace ou le dégoût d'entreprendre, boucler son sac, claquer des portes, lui dont le métier profond était de maintenir la sienne ouverte, la bataille était en train de le prendre à sa charge. Là-bas, des comparses se massacraient pour rectifier son destin. La vieille guerre crochue adoptait enfin ce visage magique où un coup de canon, comme un coup de baguette, change les citrouilles en carrosses et en charrettes à bras. Le bel oiseau de l'avenir s'en donnait à cœur joie.

Pourtant, Quentin se sentait peu enclin aux galipettes, surtout en société. Ce que l'aventure laissait présager de comparutions devant les tribunaux intimes, tous ces jurys quotidiens qui vous voient venir, la vanité en lui de cette grande espérance d'entreprendre si noble chez l'adolescent, l'accablèrent brutalement. Jadis, la République lui avait offert sa part de tropiques, de saké, de congayes. Bon. Mais quand on s'en remet à la R. A. F. ou à la Luftwaffe du soin de briser des chaînes de trente ans, c'est qu'on est fait pour elles. Vers trois heures du matin, comme il évoquait Suzanne en exil, assise sur ses valises, au pied d'une basilique, victime désignée pour les soupes populaires, la perspective de s'en aller sur les chemins avec cette innocente lui parut atroce. Les événements semblaient décidés à ne pas le consulter ; il avait trop peu d'arguments à jeter sur le tapis, sauf à offrir en holocauste le jardin farouche de l'ivresse, ces arpents tourmentés où il avait sa tanière. Il n'hésita pas à jouer son royaume en l'éclair d'un instant : « Si je rentre dans mon hôtel, si Suzanne à la tombée du jour rallume l'enseigne, qui est notre signe de vie, si un voyageur attiré par cette veilleuse me demande sa clef, jamais plus je ne toucherai à un verre, jamais plus!... » Le nom de Dieu invoqué sur ce serment d'ivrogne s'était perdu dans le fracas du bombardement, à travers lequel Quentin, la figure enfouie sous son bataclan, écoutait passionnément bruire contre son oreille le pouls métallique des petites cuillers.

A quelque temps de là, chassé par les combats de fossés en chemins creux, il décréta qu'il ne céderait plus un mètre de terrain devant cette adversité innommable qui l'éloignait de chez lui. Une accalmie se dessinant, il se posta sur le bord de la route pour faire de l'auto-stop, ainsi qu'il en avait usé durant les dernières années. Le véhicule qui se présenta, une chenillette anglaise pour changer, accepta de le prendre à bord. Revenant à Tigreville dans cet équipage, il en fut considéré longtemps comme le libérateur. Or, Quentin, du plus loin qu'il l'aperçut, n'ignora plus que cette maison reconquise sur le sort serait sa prison. Il n'était pas homme à exercer de nouveaux chantages sur Dieu : ce libérateur, ligoté par son serment, devint un captif.

L'hôtel, à égale distance de la plage et de la gare, avait peu souffert. Les grilles d'enceinte sur la place étaient défoncées, la façade écornée, le toit crevé ;

on retrouvait des éclats d'obus dans les soupentes, dix kilos de vitres jonchaient la cour où un Canadien et un jeune marronnier s'enchevêtraient dans la mort. Mais les murs trapus ne bronchaient pas, ce qui restait du mobilier pouvait garnir trois chambres, la tuyauterie, pierre d'achoppement suprême, fonctionnait implacablement. Quand elle débarqua de Lisieux, Suzanne, avec un bon sourire, dit : « C'est comme pour les personnes, il faut avoir failli les perdre pour mieux les apprécier. » Quentin, furieux, se mit à la tâche. La saison suivante, il faisait la réouverture et tenait sa promesse : à jamais l'odeur de la lavande régnerait sur ses matinées ; ce serait le bonheur rangé dans quelque armoire.

Dix ans plus tard, sa soif calmée, son ventre épanoui, toutes choses bues et ressassées, il ne regrettait plus rien.

Les affaires du restaurant ne marchaient pas mal. En dehors des mois d'été, où il souffrait de la comparaison avec les hôtels des stations voisines, le Stella, ouvert en permanence, offrait une étape éventuelle sur la route de Paris. Les Quentin avaient renouvelé leur personnel : une cuisinière et deux petites bonnes, presque des enfants, dont les éclats de rire faisaient trembler la verrerie. Ainsi Suzanne demeurait-elle le seul témoin des anciens jours. Aucune légende n'obligeait plus Quentin ; il passait maintenant le meilleur des heures dans le vestibule, derrière son comptoir, à regarder tourner les vents. Les voyageurs prenaient pour le masque de l'hébétude ce visage crépusculaire, apaisé et cramoisi.

En revanche, le café avait périclité depuis qu'il

n'y mettait plus les pieds. Ceux du pays préféraient aller boire dans des bistrots de moindre apparence où le patron, par bonne fortune, risquait de remettre la tournée. Les étrangers, inspirés par l'instinct grégaire des buveurs, flairaient sur le seuil l'abandon de la galère et emboîtaient le pas à la migration. Le bar était devenu une nécropole de bouteilles factices chantant des boissons périmées, dominée par une pompeuse caisse de bois verni venue d'une brasserie du boulevard de Strasbourg, sorte de chaire pour une institutrice plantureuse où Mme Quentin avait accompli ses classes de caissière en 1921, quand elle n'était encore que fiancée à un quartier-maître d'Extrême-Orient, qu'elle imaginait sous les traits de Pierre Loti, et confiait au Transsibérien des mots d'amour que les cosaques de Wrangel interceptaient.

Quentin avait choisi de faire son service militaire dans les environs de Tchoung-king, au poste le plus éloigné que la métropole eût établi en terre étrangère. Le traité de 1905, mettant fin à la guerre des Boxers, avait déterminé la persistance d'une garnison d'une demi-douzaine d'hommes sur les bords du Yang-tsé-kiang, véritable alluvion égarée par l'Histoire. Fou d'exotisme, curieux de toutes les formes que revêt le dépaysement, Albert avait beaucoup appris de la nature et des êtres. Mais ce précieux bagage ne lui avait servi à rien : sinon à alimenter un songe qui descendait un fleuve. Encore ne parvenait-il plus à pousser sa chimère jusqu'à Changhaï, depuis qu'il était sobre et s'adonnait aux sucreries. Chaque nuit l'enlisait davantage dans une rêverie plate où il se perdait dans des détails de navigation, ratiocinait à plaisir sur des conflits d'escale, différait sans cesse le terme de son voyage, comme s'il redoutait d'affronter l'échéance des bordées tirées dans la concession internationale, d'y constater qu'il était désormais privé du génie nécessaire pour se dissimuler qu'au-delà de Changhaï il n'y avait plus que du vide, un long sommeil de trente ans.

Suzanne mastiqua un gémissement et se tourna vers son mari avec une gravité domestique qui émut Quentin.

— Tu croques, bonhomme, murmura-t-elle.

Autrefois, ces craquements sournois, cette déglutition satisfaite, l'agaçaient, comme au dortoir, beaucoup plus tôt, les ruminations à bouche cousue des autres filles. Maintenant, quand elle y prêtait attention, elle en tirait du réconfort : la nuit continuait de conspirer à la douceur des jours. Albert, surpris, avala son bonbon.

— Tu devrais dormir, dit-il, il est minuit passé.

— Je dors... M. Fouquet est-il rentré ?

— Je l'ignore, grogna-t-il. Cela ne nous regarde pas.

Le plus bête, c'est qu'il y pensait lui aussi, non seulement parce que Fouquet était, ce soir-là, l'hôte unique du Stella mais pour d'autres raisons encore imprécises qu'il évitait de démêler, qu'il ne démêlerait peut-être jamais si ce garçon, demain, demandait sa note et l'horaire des trains, pirouette fréquente chez les clients, au moment précis où l'on commençait à s'installer dans la sympathie ou l'aversion à leur endroit. Quentin, dont le comportement ordinaire était d'un sourd-muet, était toujours prévenu à la dernière minute. Parfois même les gens, comme poussés par un caprice, s'en allaient sans qu'il les eût revus. On aérait les chambres pour chasser tout souvenir et il apprenait qu'il y avait eu un départ aux flots de draperies blanches qui demeuraient une matinée entière dans l'encadrement de la fenêtre, réplique des tentures noires qui signalent les enterrements. La relève des visages se traduisait d'abord par une relève des habitudes, qui transformait le thé complet en café nature, la bouteille de beaujolais en quart d'eau de Vichy, le réveil à sept heures en réveil à neuf, la grillade saignante en escalope panée. Ensuite, si le loisir s'en présentait, on distinguait des différences entre les caractères, beaucoup moins accusées. L'ordre des préoccupations à Tigreville était sensiblement le même pour tout le monde : les estivants s'enquéraient du beau temps qui se confondait dans leur esprit avec la santé de la planète ; les représentants en produits industriels jaugeaient la richesse de la région et appelaient l'argent sur la terre à coups de libations ; les enfants s'inquiétaient de la pêche à la crevette avec une frénésie qui s'apparentait à l'obsession d'amour. La santé, l'argent, l'amour sont des prétentions trop courantes. Retranché derrière son pupitre, Quentin voyait l'humanité sous la forme d'un troupeau interchangeable, dont les individus ne tiraient leur singularité que des manies les plus futiles. Mais lorsque Fouquet avait débarqué, la chambre 8 s'était mise soudain à vivre d'une existence particulière, comme en marge du reste de l'hôtel ; elle était devenue la chambre de M. Fouquet ; peut-être continuerait-on de la nommer ainsi l'hiver durant, lorsqu'il serait parti, et qu'on n'attendrait plus rien.

— Tu lui as donné la clef du jardin ? reprit Suzanne.

— Oui. Il se débrouillera.

— Est-ce lui qui l'a réclamée ?

— C'est moi qui la lui ai proposée, dit-il après une hésitation. L'autre soir, à ce qu'il paraît, il a été obligé d'escalader la grille. Il risque de se blesser et les embêtements retomberont sur nous.

— Il est si jeune, dit Suzanne.

Quentin acquiesça. Pourtant, il savait que Gabriel Fouquet n'était pas si jeune : trente-cinq ans. Les yeux frisés, les cheveux bouclés, le col ouvert, une harmonie hésitante dans les gestes, allégeaient cette silhouette fragile et un peu inachevée. Son passeport continuait d'indiquer la qualité d'étudiant, mais à la manière d'une pendule arrêtée, et sa fiche de séjour ajoutait que, venant de Paris, il n'allait nulle part. Était-ce la jeunesse que de n'aller nulle part ?

— Ça va faire combien de temps qu'il est ici ?

— Trois semaines aujourd'hui, répondit scrupuleusement Quentin de cette voix grave et neutre qui était la sienne, depuis que la précision s'exprimait seule dans ses propos.

— C'est de la folie ! fit Suzanne.

Bien qu'elle fût née dans le pays, elle ne concevait pas qu'on s'installât à Tigreville en dehors de la saison, même alors cette plage n'offrait-elle qu'un charme difficile, coiffée par ses villas chancelantes, envahie de sables ingrats, soumise à la surveillance d'un bourg âpre et retardataire. A la fin du mois d'août, les derniers touristes remettaient leurs cravates, cortège falot qu'on flattait jusqu'au tournant de la route en le méprisant, et l'on ne voyait plus guère passer que des repas de familles ahuries, parachutées par les guides bleus, des notables des environs tout fumants de leurs chasses et de joyeux commis voyageurs qu'on entendait claquer des dents. Fouquet était arrivé le 1er octobre, l'air découragé. Il ne portait pas de bagages et avait payé d'avance la pension de vingt-quatre heures. On s'attendait chaque jour à le voir disparaître mais il demeurait là, ayant contracté suffisamment d'habitudes pour qu'on finisse en retour par s'habituer à lui. En cette période, où les gens ne séjournaient pas, le Stella ne servait plus qu'un repas uniforme pour éviter le gâchis ; les passants le trouvaient excellent, n'ayant en général à le subir qu'une fois. Ce jeune homme impassible s'attablant pour un quatorzième déjeuner de moules à la crème et de sole Papin, Quentin avait suggéré qu'on introduisît des variantes dans l'ordinaire de Fouquet. Ainsi bénéficiait-il désormais des petites côtelettes de l'office. Il était entré dans la famille sans s'en apercevoir.

Suzanne entend encore l'embrayage du taxi qui l'a amené de Deauville et s'en est retourné

à vide vers le front de mer. Elle a suivi le bruit
du moteur jusqu'au tournant du boulevard Aristide-
Chany, ourlé à cette époque de l'année par l'écume
de la grande marée. Au moment où tout allait à
nouveau se recroqueviller dans le silence, un coup
de sonnette a retenti, chargé de sentiment, du moins
l'imagine-t-elle aujourd'hui. Albert a levé les sourcils
au-dessus de l'indicateur des chemins de fer où il
préparait avec la minutie d'une expédition polaire
le voyage qui le conduit, chaque Toussaint, en
Picardie sur la tombe de ses parents. Les Quentin
avaient fini de dîner depuis longtemps ; les fourneaux s'éteignaient ; la cuisinière était rentrée chez
elle, dans la campagne, sans qu'on eût servi un seul
couvert ; souvent elle se vexait. Il restait des soles
pour le lendemain et c'était tant mieux, car les
bateaux ne pourraient pas sortir. L'une des bonnes
s'était retirée à l'annexe où elle assurait une permanence somnolente sur son édredon, l'autre se pro-
menait avec le Polonais de la laiterie le long de la
falaise, ou plutôt l'enlaçait dans un des anciens
blockhaus de la côte des Mouettes puisqu'il pleuvait.
Si l'hôtel avait été un petit château, une manière
de « folie » construite pour un quartier-maître à la
retraite et une fille de fermiers, les soirs n'auraient
pas coulé autrement, douillets et repus. On avait
sonné. Le châtelain s'est rendu dans l'entrée où
déjà un jeune homme s'excusait de le déranger
si tard, expliquait qu'il avait manqué la correspondance à Deauville, attendait dans le désarroi
qu'on le présentât à Suzanne venue se déranger au
côté de son mari. Elle a trouvé qu'il avait le visage

23

tendre et cabossé d'un ange repenti ; un bouton de sa veste de daim était décousu ; il ne portait pas d'alliance comme tous ces jeunes gens. Repenti de quoi, elle ne sait toujours pas. On lui a donné le n° 8 d'où l'on aperçoit, au loin, à travers un quinconce de clochetons délabrés, une toile d'acier verticale qui est la mer. Avant de monter, il a téléphoné longuement, cependant qu'Albert feignait de s'impatienter. Il faisait signe à Suzanne d'aller se coucher : « Va, tu vois bien qu'il en a pour un moment! » Pourquoi a-t-elle éprouvé le sentiment qu'il essayait de l'écarter, d'accaparer le visiteur ? A cette heure-là, dans la posture d'intimité où ils avaient été surpris, Fouquet n'était plus un client, ils n'étaient plus des aubergistes mais un couple indulgent, ouvert sur les ténèbres pour l'amitié et pour l'accueil.

— Vous n'avez besoin de rien ?

Cette phrase banale, aumône de palier consentie distraitement au voyageur, c'était à Suzanne de la prononcer. Venant de Quentin, elle a résonné avec une conviction inhabituelle à quoi le garçon a paru sensible. Engagé sur les marches, il a croisé le regard étrangement réveillé d'Albert, un regard sérieux et encourageant ; il a réfléchi avant de répondre qu'il ne croyait pas. Les autres répondaient toujours : « Non, merci », machinalement, c'est sans doute ce qui l'a troublée pour la première fois chez M. Fouquet.

Il est resté enfermé dans sa chambre durant deux jours, se nourrissant de thé et de biscottes, puis il est redescendu un beau matin d'excellente humeur en appelant par son prénom Marie-Jo qui balayait devant la porte. Il avait commandé une telle quantité de journaux et de cigarettes que Suzanne, par politesse, s'est crue tenue de sortir de sa réserve : « Vous voulez donc soutenir un siège ? » Il a répondu : « Ne vous inquiétez pas. Il n'y a pas que les assassins qui épluchent la presse dans leur lit, il y a aussi les financiers et les auteurs dramatiques. Ce sont des individus dont la fortune est liée aux caprices de la société. Je ne joue pas en Bourse, je n'écris pas de pièce de théâtre, je n'ai tué personne, mais j'éprouve un sentiment déchirant pour une ville qui s'appelle Paris et je ne puis me passer de prendre de ses nouvelles. » D'ailleurs, l'état de siège n'a pas duré longtemps. M. Fouquet a fini par monter dans le bourg. Depuis lors, il sort pour des promenades fréquentes qui excitent la curiosité des indigènes, chatouillés à l'idée de se refermer sur un corps étranger au seuil de l'hiver. Il a reçu une valise par la gare, un mandat par la poste.

— Trois semaines ! remarqua Suzanne, on doit jaser en ville.

Quentin se dressa sur un coude :

— J'espère qu'on ne dit rien, car on n'a rien à dire. Fouquet est sous notre toit ; il est notre hôte ; il fait ce qu'il veut. On t'a interrogée ?

— On a essayé, naturellement. J'ai parlé d'autres choses, mais ça n'est pas facile : il porte des chemises si voyantes, et ce pantalon de velours...

— Ils en voient autant pendant les vacances.

— C'est justement ce rappel qui les étonne, il détraque les saisons.

A l'hôtel, Fouquet ne dérange personne. Il possède l'art de se mêler à la vie quotidienne sans l'appesantir, rapportant du marché des fleurs pour Suzanne, des chocolats pour les bonnes, une fois même un cigare pour Albert qui l'a refusé. Il dispose ces menus cadeaux dans des cachettes visibles, sans dire un mot. Ce sont moins des cadeaux que des intentions, un projet de langage comme les explorateurs en ont découvert chez certains sauvages, et de rudes jeunes filles chez leurs futurs fiancés. Au moment où il semble s'apprivoiser, son indifférence à ce qui l'entoure rejoint celle de Quentin ; il est ponctuel au repas ; il vide sa demi-bouteille en lisant le journal. Le lendemain, sans raison, il récuse le menu, achète des crabes qu'il fait cuire lui-même, prie qu'on le réveille à cinq heures de l'après-midi : il règne une sorte de bonheur dans la maison. Puis, de la même façon, il revient au canevas primitif et l'on craint qu'il ne soit fâché. Mais Fouquet n'est jamais fâché, il est ailleurs. Quentin observe à la dérobée ce passager qui ne vit pas sur l'habitant.

— Si seulement on connaissait ses projets, soupira Suzanne.

— C'est admirable! dit Quentin froidement. Nous constatons à longueur d'année que les chambres se dégradent parce qu'elles sont inoccupées huit mois sur douze, nous déplorons que cette carence accable nos frais généraux, et pour une fois qu'il descend quelqu'un à demeure, tu voudrais que l'aubaine t'appelle avant de s'endormir pour t'annoncer la couleur de son âme. Nous ne sommes pas dans un couvent ici, te prendrais-tu pour la mère supérieure ?

— C'est de mon âge, répondit-elle, trop d'avenir m'inquiète, trop peu m'étouffe. J'aime qu'on soit en règle d'un jour sur l'autre. Tu pourrais lui parler gentiment...

— Cela ne me regarde pas ; je n'ai rien à lui dire. Ce garçon occupe, dans nos soucis, une place qui n'est pas la sienne. C'est notre faute ; l'ennui en est la cause, le nôtre, celui des bonnes, celui de la ville...

— Il y a toujours une place pour un garçon chez de vieilles gens.

— Celui-ci est trop loin de nous, et nous ne sommes pas vieux... Là-dessus, bonsoir !

— C'est triste un jeune homme seul, dit encore Suzanne.

Quentin savait que Fouquet n'était pas rentré. Il n'en avait pas la certitude, mais il le sentait ; peut-être l'avait-il guetté inconsciemment. Après tout, cela faisait partie de sa mission de chef de bord de s'intéresser aux allées et venues des clients. Il gardait sa porte, sorti de là... Pourtant, il ne pouvait s'empêcher de se demander ce que l'autre fabriquait dans Tigreville où tout le monde était couché depuis longtemps. Il s'appliqua à chasser l'image d'une silhouette élégante et vulnérable dans ce dédale sillonné de bourrasques poisseuses ; puis, insensiblement, mit le cap sur Hankéou où l'attendaient des chinoiseries délectables.

Quentin se retrouva à bas de son lit, sans savoir s'il s'était endormi. Il n'avait pas entendu la clef dans la serrure mais, d'emblée, le vacarme, forte houle à la surface troublée de sa conscience. En deux enjambées, il fut à la fenêtre :

— Qui va là ?

Le jardin lui apparut ramassé sous la pluie, sombre lessive de vignes vierges, conciliabules d'hortensias dans le brouillard. A contrecœur, il plia sa pesante ceinture sur l'appui de la fenêtre : vers l'aile gauche de l'hôtel un liséré de lumière soulignait les volets de bois plein du rez-de-chaussée.

— Qu'est-ce qui se passe ? demandait Suzanne.

— Ça vient du café.

— N'y va pas, dit-elle.

Quentin haussa les épaules : en Chine, pendant dix-huit mois, il avait dormi avec des boîtes de conserves vides disposées devant sa porte pour le prévenir de l'incursion des réfractaires, qui s'infiltraient dans le poste en rampant sur les toits des pagodes voisines ; tranquillement il enfila son pantalon comme s'il s'agissait d'aller fermer un robinet.

La salle à manger, où les meubles travaillaient dans l'ombre, était ouverte sur le café crûment éclairé. Jamais la brocante accumulée dans cette pièce n'avait frappé Quentin à ce point. Des natures mortes où figurait du gibier écarlate vous cueillaient au visage pour vous envoyer buter contre les oiseaux de mer confits en plein vol au-dessus de la caisse. Dans un angle, une armoire de campagne couchée sur le flanc, hallucination d'un maquignon qui revient de la foire, avait dû jadis servir de zinc ; sa tranche poussiéreuse supportait encore de faux magnums d'*Oxygénée* ou de *Lilet*, autre cauchemar. A l'extrémité, un taillis de portemanteaux, baptisés perroquets, mélangeait des ramures piteuses.

Gabriel Fouquet, assis derrière un guéridon, avait déposé sa tête dans le berceau de son coude. Ce fut elle que Quentin aperçut d'abord, exsangue, humide ; le jeune homme avait l'air de la tenir sous son bras. Devant lui s'alignaient un seau à champagne qu'il avait déniché derrière une crédence, un jeu de verres complet, depuis la chope à bière jusqu'au dé à coudre, quelques flacons en carton offerts par les agents de publicité, dont l'un s'était renversé, entraînant dans sa chute une flûte et un ballon à dégustation. Par bonheur, les vraies boissons étaient enfermées à l'office, dans une chambre forte dont Suzanne possédait la combinaison.

— Salut, papa !

Dès l'entrée, Quentin avait reconnu l'odeur ; cette fois, il reconnut l'accent.

— Monsieur Fouquet, vous êtes là depuis longtemps ?

Fouquet se déplia, regarda autour de lui. Il accomplissait un effort tendu pour se rassembler. Son visage n'était plus le même ; on aurait cru voir une photographie quand l'opérateur a bougé. La mise au point était pathétique.

— Assieds-toi un moment, dit-il.

Au lieu de quoi, Quentin se dirigea vers la porte donnant sur l'extérieur, fit jouer le verrou.

— Et ma clef? demanda-t-il doucement par-dessus son épaule.

Dans la rue Sinistrée, le sable filait entre les pavés, deux rigoles jaunes coulaient le long des trottoirs, en direction de la digue.

— Qu'est-ce que j'en ai à faire de ta clef, lança Fouquet, tu crois peut-être que je ne suis pas assez grand pour en avoir une à moi?

Quentin découvrit que le garçon était couvert de boue, avec quelques traces de sang sur sa chemise.

— Qu'est-ce qui vous est arrivé, vous vous êtes roulé par terre?

— Je me suis battu avec un gitan.

— Où ça?

— Rue aux Moules.

— Chez qui, chez Esnault?

— Je ne me rappelle plus.

— Il n'y a pas de gitans ici. Vous êtes encore passé par-dessus la grille.

— Si j'avais une clef, ça n'arriverait pas.

Quentin, du geste dont on désarme un homme, plongea dans la poche de Fouquet et confisqua la clef de l'hôtel.

— Holà, monsieur Quentin, vous abusez de la situation, ricana Fouquet.

A cette minute, sa grâce, sa fragilité se retournaient contre lui. Il n'offrait plus que cette apparence de jeunesse douteuse, comme un faux col, où un grand vice entretient très tard en séduction ceux qu'il attaque au-dedans.

— Vous ne croyez pas qu'il faut vous faire un pansement? demanda Quentin.

— Tu veux rire ; on va boire un coup tous les deux ?

— Merci, dit Quentin, mais c'est fermé.

— Et celle-ci, dit Fouquet, est-elle fermée ?

Il extirpa de son pantalon de velours une bouteille plate et remplit minutieusement deux des verres disposés devant lui.

— On va trinquer ensemble, mon vieux papa.

— Je ne bois jamais, fit Quentin.

— Sans blague ! Tu n'as pas vu ta figure !

— C'est une figure comme cela, je n'y peux rien.

Fouquet le considéra gravement :

— Bien sûr, dit-il, à ton âge, c'est fini, on ne se refait pas... Tout est gelé jusqu'au cœur... A propos, ça ne t'ennuie pas que je t'appelle papa ?

— Certainement pas, monsieur Fouquet ; vous n'y penserez plus demain. Allez plutôt dormir.

— Comprends-moi : si je suis l'enfant de la maison... parce que je suis l'enfant de la maison, sans cela je ne serais pas venu chez toi... Eh bien, tu es mon père... C'est pourquoi je te dis : à l'amitié ! papa...

Il fit le simulacre de trinquer et entonna son verre avec une moue lugubre.

— Tu refuses ?

— Qui vous a vendu cet alcool ? demanda Quentin.

Il sentait la colère lui monter aux tempes.

— Esnault, dit Fouquet en portant un doigt devant sa bouche. Mais il ne faut pas le répéter, c'est mon jardin secret... Pourquoi me regardez-vous ainsi ?

— Parfait, dit Quentin. Et maintenant, au lit !

— Nous avons tout notre temps, le Prado ne ferme qu'à sept heures, déclara Fouquet sentencieusement. Claire ne risque pas de nous surprendre... Es-tu déjà allé au Prado ?... Dis-moi un peu si tu le connais.

— C'est un jardin, fit Quentin... un jardin avec un musée.

— C'est un wagon ! répondit Fouquet avec une lueur de triomphe. Claire et moi, nous ne voyagions pas autrement.

Il se leva, alla cogner de l'ongle contre une des croûtes accrochées à la cimaise, où l'on devinait un faisan daltonien occupé à picorer des airelles vertes.

— Un wagon ! Chevaux debout, c'est-à-dire cabrés, peints par Vélasquez : 40... Hommes en long, peints par Greco, 8... Tu m'as compris, Claire et moi, nous prenions toujours deux Prado, et nous avions des rêves pour cent ans... Tu l'as connue, Claire ?

— Je ne sais pas, dit Quentin malgré lui, c'est votre amie ?

— Vu. C'est même une amie qui possède la clef.

— Tant mieux, fit Quentin poliment.

— Sauf qu'elle est partie avec... Alors, tu ne peux pas refuser de boire un coup avec un homme qui n'a jamais eu de clef.

— Ne recommençons pas, monsieur Fouquet !

Il le dit avec une sorte de tendresse. Ce désespoir cascadeur finissait par être contagieux ; sa vivacité lui donnait le masque de la santé, le faux nez de la faim de vivre. Quentin pouvait le laisser retentir chez lui en ondes plus larges encore, plus profondes aussi.

— Il est arrivé que j'aie bu, dit-il, je ne me tracassais pas pour une clef. Au contraire, je m'en allais droit devant moi et, comme par miracle, je me retrouvais dans mon village natal, près de Blangy, en Picardie. J'en attendais peut-être une autre clef. On m'a raconté que je m'installais à la gare, à côté du portillon, pour chercher mon père. J'arrêtais les voyageurs, je les questionnais, je les injuriais. J'en arrivais à oublier qu'il était mort à l'époque de ma naissance... Je n'ai jamais bien su comment il était fait... Je n'ai jamais non plus connu mon fils, ajouta-t-il en baissant la voix... Au bout de vingt-quatre heures, les employés du chemin de fer, qui me connaissaient, m'avançaient l'argent du billet de retour et je rentrais ici la tête vide, presque heureux. Ça me rappelle ces singes égarés que j'ai vus dans certaines villes d'Orient : quand le climat devient trop rude ou qu'ils sont trop nombreux, on les rassemble et les populations se cotisent pour chauffer un train spécial qui les ramène dans leurs forêts... A ceci près que je me sentais très seul durant le parcours...

Il s'arrêta, frappé par l'ampleur de cette confidence. « Je suis en train de lui faire la charité », pensa-t-il. Il n'allait pas remettre en question cette affaire classée parce qu'en face de lui un gamin était ivre mort. Mais ces cœurs ouverts sont vertigineux.

— Point final, dit-il.

Fouquet, qui le regardait fixement, semblait trouver cette conversation très naturelle. Il n'était

33

plus en état de se rendre compte de quoi que ce fût.

— Ça va, fit-il, n'essayez pas de jouer au plus malheureux avec moi. Mon village natal c'est ici.

— Ça vous passera, répondit Quentin.

— Jamais! c'est que je vous aime bien, mon vieux papa... Je ne vous le montre guère, mais je vous aime beaucoup... Toujours calme, comme ça, toujours tranquille... Et puis, par en dessous, la souffrance, car vous souffrez, je l'ai bien compris. De quoi? De la soif... Ne me dites pas le contraire : l'alcool c'est le salut dans la fuite, la liberté, l'état de grâce... et pour finir une belle saloperie.

— Maintenant, couchons-nous, insista Quentin.

— D'accord! On prend le petit dernier et on s'emballe les bibelots. Il faut que j'aille embrasser Mme Quentin. Elle ne dort pas, au moins? Ces femmes dorment pour un rien.

— Tout le monde dort.

— Et nous, nous sommes là, tous les deux... N'est-ce pas merveilleux, mon vieux papa! Arrosons cela, avec ta permission.

— Ça ne m'intéresse pas, monsieur Fouquet, vous savez bien.

— Bravo! dit Fouquet, sur le ton du sarcasme.

Il se leva, tituba jusqu'à la porte où il se retourna :

— Eh bien, mon vieux papa, rappelle-toi une bonne chose : toi, je t'aurai!...

Quentin, qui avait attendu pour éteindre la lumière, l'entendit trébucher dans l'escalier. Il le rejoignit, le prit à bras-le-corps et le guida jusqu'au seuil de sa chambre. Loin d'en être irrité, il se plaisait vaguement à ce sauvetage. Mais il n'aimait pas pénétrer chez les clients. Désormais, l'intimité des autres le déconcertait. Il savait qu'il n'irait pas jusqu'au bout, qu'il n'ébaucherait même pas le simulacre d'amour entre les hommes auquel les convient l'apéritif, ce flirt durable, et l'ivresse passionnée.

— Reste un peu, dit Fouquet.

— Je vais rassurer ma femme.

— Pauvre vieux... Pauvre vieil âne attaché à la noria...

— Ça va, coupa Quentin, vous aussi je vous connais de longue date.

— Jure-moi que tu reviendras me dire bonsoir.

Suzanne, inclinée sous l'abat-jour, guettait avec des yeux d'aveugle les échos de ce remue-ménage qu'elle s'efforçait d'identifier.

— C'était M. Fouquet, n'est-ce pas ?

— Oui, dit-il à regret.

— Qu'est-ce qui lui est arrivé ?

— Rien de grave.

— Il a un peu bu ?

De M. Fouquet, elle n'aurait jamais dit : « Il est soûl. »

— Non, fit Quentin. Il a rencontré quelqu'un ; ils se sont attardés ; il a oublié qu'il avait la clef ; il s'est amoché sur la grille. Nous avons bavardé.

— Au café ?

— Et alors ? Je ne pouvais pas l'amener ici.

— Il t'a laissé entrevoir ce qu'il était venu faire à Tigreville ?

— Bon Dieu, fit Quentin, ça te reprend.

— De quoi avez-vous donc parlé ?

— De singes, dit Quentin, de singes et de sin-
geries.

Lorsque Quentin entrebâilla la porte de Fouquet,
celui-ci ne s'était pas déshabillé. Il reposait, étendu
sur son lit, les mains croisées sur la poitrine, les
yeux fermés.

— Entrez, murmura-t-il après un mouvement de
surprise et un lent sourire, comme s'il reconnaissait
seulement son visiteur.

Contre toute attente, la chambre était en ordre :
des papiers sur la table, des pipes dans un vase, deux
photographies de négresse épinglées sur les murs.
Le jeune homme avait désiré s'aménager une cabine, pour quelle traversée ?

— C'est gentil d'être venu, dit-il, j'espère que
vous ne serez pas déçu. Asseyez-vous je vous en
prie... Si, si, ça me fait tellement plaisir de vous
voir.

Quentin, interloqué, se posa pudiquement sur
le bidet.

— Libérez le fauteuil, ordonna Fouquet avec
chaleur. C'est un peu singulier ici, assez modeste,
mais c'est toujours dans cet hôtel que nous
descendons avec Claire, en souvenir de la première
fois, quand nous n'avions pas d'argent et que
nous nous sentions captivés et captifs dans cette
ville merveilleuse. On nous connaît du haut en
bas de la maison et on veille sur nous. Les journaux
estiment que je ne suis pas assez superbe, du moins
je m'efforce de le cacher. Mes valets, eux, sont ins-

tallés au Palace, c'est presque nécessaire pour mon *standing* et je voudrais que vous les voyiez se rengorger... Mes valets sont Espagnols, précisa-t-il. Je ne vous parlerais sans doute pas de la même façon en France, mais ici tout me pousse à vous affirmer que je suis le seul grand matador français, plus grand que Pierre Schull : « Yo so uno!... Yo so unico! »

Ses joues reprenaient des couleurs et son discours, dont le débit restait légèrement pâteux, s'articulait avec une aisance spontanée qui contrastait avec les éclats chaotiques de sa réapparition. Quentin comprit qu'il se croyait à Madrid. D'abord, la chose lui sembla énorme tant il s'était déshabitué des phantasmes ; il pensa que l'autre lui jouait la comédie, comme lui-même, autrefois, la donnait aux cheminots de Blangy, quand il réclamait son père. La sincérité troublante de ces simagrées lui revint ; et il sut qu'en effet Fouquet était presque à Madrid. Il s'en fallait d'un rien ; un déplacement d'air, un mot malheureux, risquaient de corrompre l'imagination, dont les châteaux sont à la merci d'un soupir.

— Je vous éteins ? demanda-t-il prudemment.

— Non, dit gentiment Fouquet, pourquoi cela ? Je vais faire monter deux Jerez.

Avant que Quentin ait pu l'en empêcher, il avait appuyé sur le bouton placé à la tête de son lit. La sonnerie, incongrue, ébranla le Stella ; les murs parurent se contracter.

— Je crois qu'il y aura du monde pour mes débuts aux Arènes monumentales, reprit-il.

Chicuelo II attire toujours la foule ; il est témé-
raire sans plus, capable du meilleur comme du pire.
Je les forcerai à me prendre au sérieux. J'ai longtemps rêvé de triompher à Madrid devant des amis
choisis. Mais Claire ne sera pas là ; elle a ce spectacle
en horreur ; elle m'attendra derrière un plateau
d'écrevisses à notre vieux *correros* de la Puerta del
Sol. Des hommes aux pieds rivés parmi les éplu-
chures la dévisageront sous leurs sourcils jaloux ;
et moi, je descendrai de la grosse bagnole américaine
que mon impresario m'a louée pour la course.
Peut-être Hemingway viendra-t-il prendre un verre
avec nous...

Il avait une expression heureuse qui ne trompait
pas, qui ne trompait que trop.

— Espérons que cela se passera comme vous
souhaitez, dit péniblement Quentin, et il ne put
s'empêcher de rire.

Fouquet le considéra avec étonnement :

— Vous n'avez jamais assisté à un après-midi de
taureaux ?

— Non, dit Quentin.

— Et vous êtes venu exprès ! Avez-vous de
bonnes places au moins ? Vous ne serez pas perdu.
Beaucoup d'amis sont arrivés de Paris ; vous retrou-
verez Marcel, Yvan et M. Rogeais, il y aura aussi
Kléber et Caroline. Pourvu que cette pluie s'arrête !
Elle s'arrêtera, j'en suis certain, pour la beauté
de la chose. Notez que je préfère encore la pluie
au vent. Quand il souffle, je suis obligé de mouiller
ma cape pour l'alourdir, or mes poignets sont malgré
tout un peu fragiles.

Il tendit les mains ; sa blessure bénigne, où le sang avait caillé, noircissait déjà.

— Une *cornada*, dit-il, un rien dans un petit bled... A propos, êtes-vous allé voir les taureaux à l'*empartado* ? Non! Vous avez eu tort. On m'a rapporté qu'ils étaient magnifiques... encore qu'on ne puisse jamais dire. Les taureaux sont comme les allumettes : on sait qu'ils étaient bons quand leur flamme jaillissante les a déjà consumés. A la manière du fou de l'Histoire, on voudrait pouvoir les remettre dans leur boîte pour s'en servir encore... Je me demande ce que font ces Jerez ?

— Ils ne sont pas indispensables.

— Ne vous inquiétez pas. Je ne travaille que demain, à six heures du soir. Vous savez, c'est un métier dans son genre, surtout comme je l'exerce : sans chiqué mais sans romantisme. Ce que les experts apprécient en moi, c'est la probité. A vous, je ne cacherai pas que jusqu'à la corrida, je n'ai rien à faire qu'à attendre sur mon lit l'instant de m'habiller. Cela prend du temps ; il s'agit d'un rite très compliqué auquel je sacrifie par respect pour la tradition. Parfois, je néglige un peu le cérémonial ; j'ai tort : ces jours-là, j'accomplis un *trasteo* médiocre. Notre génie doit prendre naissance dans notre chambre.

— Vous avez un costume de toréador ? demanda sérieusement Quentin, qui n'en eût pas été autrement surpris.

— Mon habit de lumière, dit Fouquet, il est dans l'armoire.

Puis, avec un sourire pâle :

— La lumière m'empêche de dormir...

Cette fois, Quentin se levait :

— Je vous laisse, dit-il.

— Vous n'attendez pas le retour de Claire ? Elle couche à côté pour des raisons que vous comprendrez, mais elle passe toujours m'embrasser en rentrant du Prado. C'est en face ; elle ne tardera pas. Elle serait sûrement contente de vous voir. Votre femme est à Madrid ?

— Non, s'entendit répondre Quentin.

— Venez dîner en garçon avec nous. On mangera peut-être ici parce que la cuisine est française. C'est un excellent endroit ; on nous y fait la cour. A moins que vous ne préfériez aller à la rôtisserie Botin. Après, on fera un tour chez Chicote ; de toute façon, on vous sortira.

— Voilà un programme sain, dit Quentin, la main sur la poignée de la porte.

— Et nos Jerez ?

— Vous les boirez tous les deux... Je pense que ça n'est pas pour vous faire peur.

— Je vais vous raccompagner, décida Fouquet en faisant un effort pour se lever.

Le parquet se déroba et il s'abandonna à nouveau sur le lit en soupirant :

— Qu'est-ce que je tiens !... Racontez-moi donc d'où nous nous connaissons, au juste...

Le ton était celui d'un ivrogne lucide et un soupçon pointa chez Quentin. Toutefois, lorsqu'il jeta un dernier regard dans la chambre, avant d'éteindre, Fouquet dormait à la renverse.

— Pauvre copain, murmura-t-il, je m'en doutais un peu. Ça ne nous était jamais arrivé et il faut que ce soit lui.

Mais il le laissait dans ses vêtements qui sentaient l'alcool et la pluie et il se le reprocha lorsqu'il s'enfonça dans son lit-bateau, frôlant la jambe morte de Suzanne, qui faisait semblant de dormir, attentive aux présages, et se demandait pour la première fois ce que les bonshommes remâchent dans l'obscurité.

CHAPITRE II

Roulé en boule sur son couvre-pied, Fouquet
attend que le monde prenne l'affaire en main.
Plusieurs fois, il s'est réveillé dans le noir, immobile,
accentuant par son inertie la sensation de débâcle
qui s'organise en lui. La vie se retire de son corps,
la poitrine se bloque, le cœur s'affole. Toute son
attention est requise par les opérations de ce labo-
ratoire où un sang épais, trop épais pour lui, fer-
mente et se décante. Si l'expérience réussit, le plus
dur restera à accomplir : subir les épreuves succes-
sives auxquelles les matins vous convoquent à grands
coups de sonnailles. Maintenant, il guette l'angélus
sévère et la poigne de l'aurore sur son épaule :

« Hier encore, je me plaisais à compter sur la
jointure de mes phalanges repliées les bosses et
les creux, allant et venant, comme font les enfants
pour s'y retrouver dans les mois de l'année ; on
redouble sur juillet-août qui sont des voisins de
trente et un jours : il y en avait vingt et un que je
n'avais pas bu, trois semaines bien serrées dans
mon poing fermé, un trésor. Car je jure qu'au fond
je préfère la santé aux mirages ; mais la vie est

abrupte parfois et il suffit de peu de chose pour la rendre plus maniable durant quelques minutes... J'étais pourtant dans une sorte de calme quand cela s'est produit. Ici, personne ne savait qu'il m'arrive de boire ; j'étais protégé par la solitude et par l'image que je donnais de moi, différente de celle qui m'entraîne et m'autorise à succomber lorsque je suis à Paris. Aucune des deux n'est fausse d'ailleurs ; je ne suis pas un alcoolique, je ne le veux pas... Pourquoi, sous un certain climat, en viens-je à me persuader qu'une légère ivresse améliore la qualité des rapports humains ? Je ne devrais plus ignorer qu'il n'existe pas d'ivresse légère : on a vite fait de sombrer en chantant, chacun de son côté, entraîné par le poids de ses peines pendu autour du cou. Ce climat, j'ai différé le plus possible l'instant de le rencontrer, mais j'avais reconnu qu'il régnait dans un bistrot, face au marché, où il aimantait les allées et venues des hommes. Aucune ville ne dort entièrement ; même celle-ci, avec ses boutiques désertées, ses terrasses agitées de rafales où des menus touristiques continuent d'émettre dans le vide des chèques sans provision jusqu'à la saison prochaine, gardait encore un œil ouvert. Pour mon malheur, je savais lequel. Progressivement, ma promenade s'est rétrécie. Ai-je le droit de dire que c'est sans préméditation que je suis entré chez Esnault à la tombée de la nuit ? Ceux qui y pénétraient avaient l'air de se rendre au sabbat, d'adhérer à une conjuration de longue date. Peut-être avais-je cet air-là, sans m'en douter. Je me suis mis au bout du comptoir, contre la glace. Une fille molle a poussé une bouteille humide dans ma direction et j'ai trinqué avec mon reflet qui levait son verre quand je levais le mien. Il s'est obstiné longtemps, mais j'ai eu le dernier mot puisque, à la fin, je me rappelle que j'ai cessé de le voir. Cela m'étonnerait qu'il soit allé boire ailleurs que dans cette glace où il me fixait à la hauteur des yeux. Nous avions commencé doucement par de la bière... Dans la salle, où les odeurs franches de la ferme, douceâtres de la laiterie, s'ajoutaient à l'encens des apéritifs, l'âme débridée du samedi bourdonnait. Les conversations étaient à la chasse, ouverte depuis quelque temps, et au F. T. T., les fameux Francs-Tireurs Tigervillois dont l'équipe de football, à ossature polonaise, défrayait la chronique au blanc d'Espagne sur les vitres des cafés et des magasins d'articles de radio. A propos d'Espagne, il me semble que j'ai parlé de courses de taureaux, cette nuit, mais je serais bien incapable de répéter ce que j'ai pu raconter... Parmi les consommateurs, il y avait peu de jeunes gens, on était entre adultes et les enfantillages allaient bon train ; pas de femmes également, à l'exception d'une petite vieille qu'on voit pousser des coquillages dans une voiture d'enfant. Un peu à l'écart, elle sirotait sans sourciller son second litre de cidre et éveillait des moqueries familières. J'ai compris qu'elle était célèbre pour ses démêlés avec les Allemands au temps du couvre-feu.

— Eh! Joséphine, qu'est-ce que tu leur as répondu à la Kommandantur, quand ils t'ont dit que Hitler ne voulait pas que tu rentres si tard le soir ?

— Je leur ai répondu : « Ce Hitler, je ne couche pas avec lui ; son nom n'est pas du pays ; je vois pas qui c'est... L'est-il seulement venu à Tigreville ?»

On riait en me regardant sous cape, guettant l'effet. J'ai commencé à capter de tous les côtés des ondes dirigées vers moi. Seul, le patron n'émettait rien en apparence ; il avait à peine répondu à mon bonjour, ignorant sans doute qu'on me salue par mon prénom dans de nombreux bars de la capitale, et non des moindres ; j'aurais voulu le lui faire savoir. Esnault est un personnage noiraud, le visage barré par une moustache autoritaire, d'aspect plus auvergnat que normand. Où ai-je entendu rapporter qu'il avait eu des histoires, autrefois, pour avoir ouvert sa braguette à l'arrivée d'un autocar qui transportait des élèves du cours Dillon ? Peut-être chez Nicaise, au bureau de tabac.

Au second verre, de vermouth cette fois, j'ai senti renaître le vieux désir de lier connaissance avec les autres, ce sentiment d'avoir beaucoup de choses à leur communiquer, et l'illusion qu'on pourrait s'arranger pour vivre si l'on était assuré d'une marge où l'existence s'échauffe et brille dans ses plus modestes manifestations. On prétend que ces alchimistes se réunissent pour se soûler. La vérité est que l'état d'ivresse ne fait pas l'objet de leurs cérémonies extrêmement subtiles : il en est la conséquence et la rançon.

Dehors, je voyais surgir de rares couples entre les flaques de lumière et les flaques de pluie. En passant devant le café, ils esquissaient le geste boudeur des criminels qu'on embarque dans le fourgon et dissi-

mulaient leurs visages surpris derrière leurs avant-
bras, leurs sacs à main, avant de disparaître. Le
carrefour redevenait un bocal ombreux où des
poissons jumelés tournaient en rond, cherchant
l'abri sous la végétation du parc, loin du corail des
lampadaires. Je n'enviais pas ces amoureux que
l'heure du dîner sépare ; ils n'ont pour se rejoindre
que cette mince plage d'obscurité que la marée écla-
tante de l'été submerge ; les jours en rallongeant
abrègent leurs amours : ce sont de frileux plaisirs
d'hiver. Déjà, la fille molle dressait deux couverts
dans un coin. Il montait de la cuisine un fumet
offensant de ragoût, exquis chez les autres. Un
réflexe panique m'a incité à demander d'urgence un
nouveau verre, en appel de l'arrêt d'expulsion
que je sentais poindre. C'est sans doute là que j'ai
pris un virage trop brusque... Une décision unanime
a opéré soudain un grand brassage parmi les clients
comme si une main s'était abattue sur un jeu de
cartes pour les brouiller, séparant une paire com-
plice, défaisant un brelan d'amitiés, éparpillant
un carré d'anciens combattants, révélant pêle-
mêle le dos de ceux qu'on avait vus de face, la face
de ceux qu'on avait vus de dos. Puis ils se sont réca-
pitulés en bon ordre du côté de la porte, où les
dernières politesses les ont encore entrecoupés en
plusieurs paquets pour plus de sûreté, et ils ont
quitté le café sans faire mine de se connaître
jusqu'à la partie suivante. Je suis resté seul sur le
tapis, ainsi qu'une carte oubliée, la carte blanche qui
ne sert jamais ou le joker, le bouffon qui singe les
lois. Les Esnault mangeaient à voix basse, le front

de la grosse fille contre celui de son maître. J'étais
certain qu'il s'agissait de moi. J'ai déplié un journal
essayant de m'accrocher aux mots croisés avec
honnêteté. Un autre serait parti ; moi, je ne pouvais
plus reculer devant le moment, proche maintenant,
où j'allais leur parler. Quand ils se sont levés de table,
ils ont accepté de boire ce que je leur proposais :
un calvados pour Esnault, une cerise à l'eau-de-vie
pour la fille. J'ai pris aussi un calva pour les épater,
du moins la grosse Simone, afin qu'ils se mettent
bien dans la tête que je n'étais pas une brebis
fourvoyée, mais le prince d'une bamboche capricieuse, mieux qu'un interlocuteur valable, selon
l'expression favorite du journal que j'avais aban-
donné sur le comptoir.

— C'est Quentin qui doit en faire une bouille de
ne pas vous voir rentrer dîner! ricana Esnault.

Sur-le-champ, la perfidie débonnaire du ton
ne me suggéra rien ; je ne retins que la satisfaction
de me savoir situé dans l'univers de Tigreville.
Aussi ne protestai-je pas et Esnault en profita pour
ajouter :

— Il finit par nous casser les pieds avec sa
moralité, non ? Quand on a fait les blagues qu'il
a faites, on ne s'occupe pas à juger les autres.
Remarquez, moi non plus, je ne juge pas, c'était
un fier compagnon dans le temps, un peu distant
peut-être, si l'on sait qu'il a acheté son hôtel avec
l'argent de sa femme, la fille d'une des plus grosses
fermes du plateau : lui n'était pas d'ici... Pourtant,
on a bien rigolé ensemble! Mais depuis que c'est fini,
on dirait qu'il n'y a plus que le mauvais qui ressorte.

— Qu'appelez-vous le mauvais? ai-je demandé.

— Je ne sais pas, moi : les murailles dont il s'entoure, sa fierté. C'est comme cette idée de partir faire son service en Chine, au lieu de rejoindre ses conscrits à Cherbourg, ça lui ressemble!... Sa muraille de Chine, si vous préférez, c'est ça que j'appelle le mauvais. Du mauvais pour lui également : on ignore ce qui se passe, là derrière... Personne n'a jamais compris pourquoi il s'était arrêté si soudainement. Il y en a qui prétendent que c'est à cause de Suzanne, comme quoi le plus fort est obligé de s'incliner. Mais soyons équitables : c'est peut-être aussi qu'il a ressenti les malaises ; il aurait comme une cirrhose ou un cancer du foie que je serais le premier à tirer mon chapeau. Mais alors qu'il l'avoue, bon Dieu!... A votre santé! Simone, tu nous remettras ça sur le compte de la maison.

La machine était lancée. Le café s'est encore une fois rempli de gens, puis s'est vidé à nouveau. Aux sonneries minables, j'ai deviné que l'entracte du cinéma avait pris fin. Je ne pense jamais à me rendre à ces séances, deux programmes différents par semaine ; cela ne ferait pas de mal à mon travail, dirait maman. Chez Esnault, ça n'était pas fini, ça devenait même permanent. Quatre ou cinq fidèles s'étaient attardés, qui relançaient les tournées avec une verve communicative. Esnault a posé un volet sur la porte et m'a présenté avec dérision comme le monsieur du Stella.

— Vous ne devez pas vous emmerder chez Quentin. Un vrai bonnet de nuit! On sert quand même du vin à table, oui?... Le bougre, il est bien passé de l'autre côté.

— Tout le monde dit que vous êtes peintre et que vous allez nous pondre un sacré tableau. Vous devriez dessiner Quentin comme un coucher de soleil.

Pourquoi me demande-t-on toujours si je suis peintre? Leur attitude envers M. Quentin, à qui j'en voulais par ailleurs de me placer dans cette situation infamante, m'a brusquement échauffé les oreilles. Je leur ai cherché querelle à propos du temps qu'il fait ici. C'est un chapitre sur lequel les indigènes sont vétilleux ; beaucoup se persuadent que s'il pleuvait moins, Tigreville deviendrait une sorte de Saint-Tropez, simplette et snob, et ils s'évertuent à nier la pluie. Ils oublient que cette plage est une vieille fille du Second Empire, morte sur le rivage dans l'attente d'un prétendant. Nous avons failli nous battre. Au dernier moment, la bagarre s'est changée en une épreuve de force au « bras de fer », qu'on appelle également « bras d'honneur », d'où cette douleur que je ressens à l'épaule et qui me rassure parce qu'elle est honorable justement. On peut souhaiter d'autre coude à coude avec son prochain, mais cet exercice-là qui mobilise en un seul point de son corps un être tout entier, ses muscles, ses nerfs, son attention, vous nettoie de fond en comble et abolit le reste...

... L'abolit si bien que je ne sais pas comment je me suis retrouvé dans mon lit. Autrefois, déjà, un cheminement miraculeux finissait toujours par me conduire jusque chez Claire. Je lui faisais valoir cet instinct essentiel qui ramenait à son chevet la bête fourbue. Claire avait cessé d'apprécier cette fidélité obtuse et me révélait le lendemain combien je m'étais montré odieux, ou grotesque, ou pitoyable. C'était la raison de notre désaccord.

— Le seul obstacle entre nous, disait-elle, c'est la boisson.

— Je boirai l'obstacle, répondais-je.

— Tu me fais peur, disait-elle encore. Je n'ai pas peur de ce que tu peux me faire, mais de ce que tu deviens par moments, de ce démon nouveau qui surgit à côté de moi, à côté de toi peut-être, imprévisible. J'attends un homme, j'en vois apparaître un autre. Dieu sait que tu peux être charmant, et c'est là le plus terrible. Pourquoi bois-tu ? Es-tu malheureux ? Il vaudrait mieux regarder les choses en face avant qu'il soit trop tard. J'ai besoin de m'appuyer sur quelqu'un de solide.

En fait, elle ne cessait de dominer la partie, non seulement par la droiture de son caractère, mais par la somme de repentir, vertu peu offensive, qu'elle exigeait de moi. A la longue, j'en venais à observer Claire comme on consulte le ciel, avec la même anxiété et le même espoir, sachant qu'elle pouvait décider de la couleur du jour et la modifier d'une minute à l'autre, selon le vent. Je menais une existence conditionnelle sous la menace du couperet. A la moindre présomption d'ivresse, mon amie refusait de me recevoir, me précipitant vers des provinces nocturnes où je m'ancrais dans le sentiment de faire planète à part. En m'interdisant de l'accompagner en Espagne, où nous allions chaque année, peut-être n'a-t-elle voulu que me donner une leçon ; en y partant seule, elle a prouvé qu'elle pouvait me désolidariser de son propre bonheur et que la terre ne s'arrêterait pas de tourner parce que je ne la partageais plus avec elle. Cette fois, nous ne sommes plus deux amants qui reprennent souffle et s'éprouvent, nous sommes deux amants qui se séparent. Le couperet est bien tombé.

Désormais, je n'effraie plus personne, sauf, sans doute, celui qui m'a ramassé, cette nuit, dans le ruisseau. Mais je n'aurais que trop tendance à ajouter au sordide de cette mésaventure : je dormais plutôt sous un arbre trempé, quand on m'a saisi pour me remettre sur le chemin de l'hôtel. Je revois un homme penché ; je sens encore une poigne narquoise qui me précipite sur les embûches pour mieux me les faire éviter ; à qui appartenait-elle : à un passant de hasard ? à quelqu'un de chez Esnault désireux de me lancer comme un brûlot enflammé par l'alcool contre la forteresse vertueuse du Stella ? à M. Quentin lui-même, venu au-devant de moi ?... Ce genre d'absence me replonge dans une angoisse coutumière. A Paris, depuis que Claire m'a quitté, il arrive que trois ou même six heures de mon emploi du temps se dérobent à moi. A la place, s'ouvre un grand trou noir où passent avec des éclairs furtifs de truites au vivier des réminiscences insaisissables qui ne me permettent pas de distinguer le cauchemar de la réalité. Longtemps après, je retrouve dans ma poche des morceaux de papier où des inconnus ont inscrit leurs numéros de téléphone, des rendez-vous, des maximes hoquetantes, mais les visages composés par la nuit ne franchissent pas l'épreuve du jour et, si je les rencontre par la suite, je ne les reconnais pas.

La dernière fois, je n'étais vraiment sorti du trou noir qu'à Deauville. Un employé du chemin de fer me tapait sur l'épaule, disant que le train n'allait pas plus loin. Plus loin que quoi ? Je me suis arraché à un sommeil vaseux. J'ai aperçu une jolie gare fleurie, sorte de chaumière aux poutres apparentes ; j'ai pensé que ce train avait bien fait les choses et qu'il avait raison de s'en tenir là. Avais-je un billet ?... Certainement, j'en avais un en guise de pochette ; j'avais même griffonné dessus mon nom et mon adresse pour le cas où... Ce qui prouve que je ne m'étais pas senti disparaître sans combattre. A la sortie, un air nouveau m'a frappé au visage. Sur la gauche s'ouvraient des avenues tièdes où des cottages vernis alignaient leurs emballages vides. J'ai pris sur la droite, plus nerveuse, le boulevard qui conduit à la halle aux poissons de Trouville. C'est un lieu que j'aime, ce long club de mareyeurs au bord d'un bassin ; je ne m'y sens jamais entièrement perdu devant le velours des tourteaux, l'anthracite des moules, l'éclat damasquiné des maquereaux et des raies déployées comme des cerfs-volants. Il m'a paru, pourtant, moins beau que dans mon souvenir, nature morte dont les couleurs s'enfoncent au creux de la toile, mais le printemps la restaurera. En contrebas, des pêcheurs plus mal rasés que moi bricolaient à bord de petits chalutiers délavés en camaïeu par les embruns. Il pouvait

être six heures du soir. J'ai poussé jusqu'au phare ;
j'ai traversé la passerelle d'une écluse ; je me suis
engagé sur la jetée en bois. Au bout, c'était le
large ; j'en ai reçu le choc habituel. Dans ces cas-là,
mon premier mouvement me remet en tête la carte
de France, ce profil dont les Landes sont le menton,
la Gironde la bouche maussade, la Bretagne le nez
bourgeonnant, le Cotentin une verrue et l'estuaire de
la Seine une arcade sourcilière sous le front qui
s'en va, légèrement fuyant jusqu'au Pas-de-Calais.
Eh bien, j'étais là, entre les paupières de mon pays,
et tout son regard pouvait se concentrer dans le
mien. Je ne sais s'il a vu avec les mêmes yeux que
moi monter ces vagues, semblables aux danseuses
du cancan, qui troussaient haut des étoffes vertes,
agitaient des jupons d'écume et finissaient par
s'abattre, un rang après l'autre, dans une longue
extension qui rappelait le grand écart. Assis sur des
madriers, les jambes pendantes, je reconstituais le
cabaret fantôme que nous avions pris à l'abordage,
la nuit précédente, avant de nous dissoudre dans
une de ces matinées orange et gris où l'on espère encore que l'on peut enchaîner, où il ne faut surtout
pas se retrouver isolé, comme je suis maintenant,
parce qu'on est dévoré par les loups du remords,
qui n'attaquent que l'homme seul. Les compagnons
commençaient à se tourner vers leurs maisons et
me disaient que j'avais de la chance de n'avoir pas
de reproches à affronter. Mais c'était la consolation
prodiguée à celui qu'on va abandonner. Moi, qui
n'étais attendu nulle part, je leur répondais : « Vous
voyez bien que je suis blessé... Laissez-moi, les

54

copains, sauvez-vous vite! » Déjà, ils se penchaient
sur des berceaux, sur des lits entrouverts, respi-
raient l'arôme du café domestique qui n'est pas le
même que celui des bistrots. Le projet de rejoindre
ma fille, d'opérer cette transfusion de sentiments
qui pouvait me guérir, l'un contre l'autre se blotis-
sant et apprenant à se mieux connaître, s'est
imposé brusquement à moi avec une urgence saugre-
nue, devant l'évidence que la journée ne se termi-
nerait pas que les loups ne m'aient rattrapé, si je
demeurais à Paris. Je ne voyais que trop rarement
Marie, depuis ma séparation d'avec mon ancienne
femme, d'autres courants m'ayant emporté, mais
j'avais toujours été persuadé que je conservais
là une petite place forte dont l'âme me restait
acquise. Cette fuite désordonnée était en vérité une
retraite stratégique. Et puis, il faut bien reconnaître que la tentation de prendre la route, où la
provocation se combine à la rédemption, est ardente
chez l'ivrogne. Se retrouver en Normandie après
une nuit pareille ne manquait pas de style. J'étais
parti à chaud.

Je savais que Marie, depuis la rentrée des classes,
était pensionnaire dans un « home d'enfants », sur
une petite plage de cette côte. Sous sa mince enveloppe, sa santé n'était pas en cause, mais la vie
parisienne où elle était un peu livrée à elle-même :
Gisèle, qui travaillait, ne la tenait plus suffisamment
en main. Ces jeunes femmes qui se rendent à un
bureau, sans vocation, ayant oublié jusqu'au poids
le leur servitude, me bouleversent ; je ne puis les
croiser dans le métro, le front absent, portant sous

leurs bras des livres interminables où chaque signet marque un repas solitaire, sans éprouver un bref dégoût pour les hommes, dont je ne m'abstrais pas. Elles paient pour d'autres créatures qui arrondissent des bouches énormes pour le baiser et, au-delà de chacun de nous, sans bien nous distinguer parfois, cherchent à gober toute la vie entre leurs lèvres de carpes centenaires. Après notre divorce, j'aurais dû entourer Gisèle et Marie d'une tendresse accrue ; cela se fait aujourd'hui. Je n'ai pas su ; peut-être suis-je vieux jeu sur ce terrain ; j'ai pris tout de suite les faux plis de la pudeur et de la timidité. Le sentiment de mes torts ne facilitait pas mon comportement. J'ai choisi de me recommencer en entier dans Claire et n'ai pas vu grandir ma fille. Mais Gisèle est persuadée que j'ai tout quitté, foyer, enfant, pour vivre maritalement avec un billard électrique. Ainsi, l'orgueil qui m'inspire dans mes rapports avec mes semblables me précipite-t-il souvent dans de fausses situations d'où je ne me sors qu'à ma plus courte honte. Et je n'ai pas encore toute honte bue. Revoir Marie, alléger un peu son exil, c'était accomplir un grand pas.

C'était aussi risquer un pas de clerc. Il m'est venu à l'idée que j'étais peut-être en train de commettre une énorme bêtise, d'assouvir un caprice de pochard. A Deauville, il n'était pas trop tard pour rebrousser chemin. Je pouvais être à Paris dans la soirée, retrouver les copains, leur dire : « Partageons le manteau ; il est trop lourd pour moi. J'ai vu la mer : on ne peut pas aller plus loin... » Avant de prendre une décision, je suis entré chez un coiffeur. La serviette chaude, comme on la pratique en province, est un objet d'art. Quand je suis ressorti, il faisait nuit à nouveau et je me sentais moins désorienté. Nuit pour nuit, autant valait rester dans celle-ci. Il n'y avait plus d'autocar pour Tigreville. J'ai fini par prendre un taxi au long cours, dont le chauffeur, en bavardant, m'a indiqué l'hôtel Stella.

Tandis que nous longions la corniche, j'ai ressenti une sorte d'impatience sans espoir, de celles qui font dire : « Finissons-en tout de suite », et j'ai compris que j'approchais d'un but, sans bien discerner lequel. Il s'était mis à pleuvoir. A la faveur d'une trouée de nuages, Tigreville m'est apparue comme un gros pâté entamé où piochaient des flots laborieux. Là, je pourrais faire mon trou. Il n'y avait pas une âme dans les rues. Un léger nuage de sable cavalait sous les roues de la voiture ; nos phares démasquaient des villas fermées, offusquaient des fenêtres aveugles. Aucun signe sur ce tableau noir ne m'indiquait le toit sous lequel mon enfant dormait. Pourtant, elle était là, quelque part, en avant-garde, et nous serions bientôt deux qui nous donnerions du courage.

Ce qui m'a réchauffé en arrivant au Stella, c'est d'abord la présence de Mme Quentin. Dans une certaine mesure, les personnes d'âge me rassurent, surtout les femmes, car les hommes demeurent longtemps à la merci d'un coup d'enfance. Il s'est produit récemment en moi un phénomène de sérénité à l'égard de ces problèmes du vieillissement, que j'attribue à de fréquentes méditations sur ma mère. On ne conçoit pas aisément qu'on ait pu être l'enfant d'une jeune femme surprise : on se croyait le fils de cette ménagère à toute épreuve, on est celui d'une danseuse de charleston ; beaucoup ne s'en douteront jamais. Cette révélation qui éblouit et inquiète, on ne l'éprouve pas dans les albums de photographies, mais en remontant la piste encore fraîche des rides, en décapant les sourires. Désormais, il m'est naturel de retrouver dans les vieilles dames, les demoiselles qu'elles ont été et un penchant prudent m'incite à soupeser dans les jeunes filles les vieilles dames qu'elles deviendront ; je me détache d'un présent trop glouton ; je n'avale plus tout rond les bouchées de l'existence ; je la survole mieux. Mᵐᵉ Quentin n'est pas une beauté, mais elle possède la noblesse que donne le gouvernement des objets, une autorité préservée contre les abus de pouvoir par les limites définies de son domaine. Elle éclaire où il convient, précise et douce comme une lampe de chevet. J'ai tout de suite senti que je ne tombais pas exactement sous sa lumière, qu'il faudrait accommoder. C'est dans la pénombre, en revanche, que je risquais le plus de rencontrer M. Quentin. J'en connais plus d'un, de ces gros rochers confits en expérience et en sagesse qui s'ennuient à quelque distance les uns des autres en regardant tomber la pluie. On a parfois envie de les faire sauter à la dynamite. A la façon dont il m'a demandé si j'avais besoin de quelque chose avant de monter dans ma chambre, j'ai cru sentir que celui-ci était plein de replis caverneux. Il m'a semblé qu'il me tendait une perche, aussitôt retirée. J'ai hésité. C'était le moment de m'enquérir du cours Dillon, de parler de Marie, de donner une figure partielle à mon séjour. Je n'en ai pas profité ; les portes se sont refermées. Moi, qui ai d'habitude le goût de tout livrer aux êtres pour les apprivoiser, de vivre sur le seuil de moi-même, trouvant qu'il fait trop souvent sombre à l'intérieur, pourquoi ai-je éprouvé le besoin, le soir de mon arrivée, d'intriguer ce couple tranquille ? Peut-être ne savais-je pas très bien où j'en étais ? Peut-être pressentais-je qu'il finirait par arriver ce qui s'est produit la nuit dernière et qu'il valait mieux faire naufrage avec le moins de papiers d'identité possible ? On se lamente suffisamment sur le tombeau de l'ivrogne inconnu.

Mon premier réveil à Tigreville fut déplorable. L'effet de l'alcool se dissipant, je subissais une violente dépression qui se cherchait vainement un frein dans cette chambre nouvelle. Pourtant, un terrain neutre, agissant à la manière d'un sas, favorise au contraire un retour par paliers : l'esprit n'achoppe sur aucun point de repère vengeur ; le décor n'a pas l'air de bouder, il s'en moque ; nos actes, ces fins limiers, ont perdu notre trace. On renaît à loisir. Mais là, j'étais allé un peu loin dans la désintégration. Il n'y a que les millionnaires ou les clochards qui puissent rompre aussi brutalement avec leurs lendemains. Les miens hurlaient à la mort du côté de Paris, je les entendais d'ici : ma mère clamait qu'on la rassure ; O'Neill jurait qu'il ne ferait plus d'affaires avec moi ; Bonifaci m'attendait au Petit-Riche devant des rillons boucanés ; sans compter tous les noctambules avec qui j'avais pris

59

rendez-vous, en divers endroits à la même heure.
Par surcroît, j'étais sans ressources. En arrivant au
Stella, j'avais essayé de prévenir mon tuteur pour
qu'il arrange tout cela, sans trop bavarder. Mais la
patronne de la brasserie, où il passe après le dîner
étudier son P. M. U., m'a répondu : « M. Rogeais
est venu faire son champ pour Enghien et il est
reparti. D'où me téléphonez-vous ? — Deauville !
Il n'y a pas de Deauville en ce moment, vous êtes
sûr que ce n'est pas Chantilly que vous voulez dire ?»
Un cauchemar ! Elle avait fini par prendre ma
commission, en pesant mystérieusement sur certains termes, ce qui lui donnait une allure de tuyau
d'entraînement, propre à introduire la confusion
chez un tuteur naturellement turfiste : sur son car-
net, cinquante mille à Gabriel par Stella et Tigreville
pouvait devenir la charnière d'un tiercé fabuleux. Il
n'en a rien été. Il a fait le nécessaire, me conseil-
lant même de rester au vert durant quelques jours
en entrecoupant par de légers *canters* sur les
courtes distances : bitters et guignolet ; il me pro-
mettait de conserver le secret d'une préparation
qui devait m'amener à ma forme de pointe lorsque
j'effectuerais ma rentrée. Cette solution raisonnable et lâche satisfaisait les dispositions où je me
trouvais à ce moment-là. Dès qu'une éclaircie
s'est présentée, je me suis mis à la recherche de
Marie.

Le cours Dillon est situé sur la côte des Mouettes,
dans un quartier résidentiel couvert de vergers à
demi sauvages qui s'étendent au flanc de la falaise : un éboulis à pic, et c'est la mer. Il s'est re-

trouvé peu à peu en dehors de la ville, à mesure que les autres villas à tourelles s'éteignaient autour de lui. L'avenue de l'Impératrice marque la frontière de ce *no man's land* que la guerre de 70 a dévasté par l'intérieur avant que celle de 40 pilonne, à l'autre extrémité de l'agglomération, les pavillons cubistes de l'épargne modern' style. Entre ces ruines éloquentes, le monument aux morts célèbre néanmoins ceux de 1914, où l'on payait en nature. Ces Tigervillois cupides ne méconnaissent pas le prix du sang.

Donc, ce promeneur qui poussait un caillou du pied en rêvant de crinolines, qui s'attendait presque à voir surgir sa fillette aux trousses d'un cerceau, coiffée d'une capote de paille, culottée d'un long pantalon de dentelles, et sur les pas de qui, quelques derniers rideaux se soulevaient, c'était un père de famille. On ne s'en serait pas douté et j'en éprouvais de la fierté. Il n'y avait pourtant pas de quoi : en treize ans, je ne me suis trouvé que deux fois sur une plage avec Marie. Elle était minuscule et se précipitait vers les vagues, les bras levés. Elle n'en a conservé que le souvenir du poil sur ma poitrine où je la pétrissais pour la sécher. Elle ne l'a jamais plus revu et m'a demandé un jour si j'en avais encore. C'était peut-être une façon de me faire savoir que je lui manque. Elle voit peu de poil à la maison.

Les demoiselles Dillon ont ouvert leur pensionnat réputé après l'armistice de 1918, en partant d'un noyau de réfugiés qu'elles avaient hébergés. La fondatrice est la propre petite-fille d'Hammerless-

Dillon qui a donné son nom à l'une des artères majeures de Tigreville. Depuis qu'elle est impotente, sa nièce administre l'entreprise. Elles appartiennent à ces dynasties en diagonale où l'on persévère de tantes en nièces. Les hommes s'en sont écartés, terrifiés sans doute par l'ombre du grand Hammerless, dont je ne sais toujours pas qui il était. Le bâtiment est noble ; il donne une idée de ce que seraient devenues les propriétés avoisinantes, si l'on avait continué de les arroser. Mais qui donc s'était occupé de la plus jeune des demoiselles Dillon ? Quand j'y pense, le véritable monument aux morts de 14, c'est cette longue fille grisonnante dans sa robe noire, telle qu'elle m'est apparue ce matin-là, droite sur sa pelouse.

J'allais pousser la grille, lorsqu'un scrupule médiocre m'a retenu. Je n'avais pas encore reçu le mandat de M. Rogeais ; j'étais sans un sou ; le taxi de Deauville, les premiers frais d'hôtel, avaient englouti la monnaie épargnée par le naufrage de Montparnasse... Il faudra d'ailleurs, dans quelques instants, que je constate combien m'a coûté la nuit chez Esnault. Si je glisse une main superstitieuse le long de mon pantalon, il me semble que j'entends un froissement de billets. L'un des mornes avantages de ce genre d'établissement c'est qu'on s'y soûle à peu de frais... J'observais Mlle Dillon : elle était femme à laisser tomber un regard sur mes mains vides : ici les parents ne pénètrent pas sans cadeaux. « Naturellement, vous allez me demander de laisser sortir Marie pour l'emmener au restaurant... » Même pas ! Depuis deux jours, frô-

lant la grivèlerie, je ne mangeais que des biscottes.
Je venais voir ma fille, un point c'est tout. Je n'a-
vais rien que de très simple à lui dire, et beaucoup
de choses très compliquées à lui cacher. Or, Marie,
sans penser à mal, entend que nos rares rencontres
soient sanctionnées par des fêtes et je partage assez
ce point de vue. J'ai compris que j'allais rater mon
entrée, donner mon coup de cymbale dans le vide.
Du moins pouvais-je essayer de l'apercevoir à
travers la haie, sans livrer en pâture mon amour-
propre stupide et blessé.

Je contournais, honteux, la clôture du collège
sur des semelles de kidnapper, quand un chœur
débraillé de voix enfantines s'est élevé dans mon
dos. Je n'ai eu que le temps de me dissimuler dans
un chemin de traverse. Le cours Dillon, remontant
la plage, débouchait au sommet de la côte des
Mouettes sous l'escorte d'une monitrice. Leurs
rangs, où les premiers se tenaient par la main,
sont passés à quelques mètres de moi, filles et
garçons mêlés, élégants pour la plupart. La crainte
de ne pas repérer Marie agitait mon cœur d'une angoisse plutôt sèche, toute sportive, comme à la
chasse devant une compagnie de perdreaux, à la
sortie d'une gare devant le défilé des voyageurs.
Mais j'ai fondu, en la découvrant qui traînait à la
queue, légèrement voûtée, si petite que ses com-
pagnes semblaient ses gardes du corps. Au moment
de franchir l'enceinte, elle a poussé en riant celle
qui l'a précédait. C'est bien de ne pas se laisser
marcher sur les pieds. Je lui ai trouvé une mine
superbe, un air de gaieté et d'étourderie qu'elle

n'offre pas toujours en notre présence. Mais elle chantait avec les autres : « Dans le jardin de mon père... » et, sous ce ciel gris, l'image d'une orpheline s'est présentée à moi.

Le lendemain, de bonne heure, je suis retourné rôder vers la côte des Mouettes dans l'espoir de revoir Marie. Je crois que, déjà, je n'envisageais plus tellement de lui parler pour le moment et que je n'envisageais pas non plus de repartir. J'avais un trop grand retard dans la connaissance de cette enfant, ignorant pratiquement tout de ses goûts, de ses habitudes, de son comportement dans les circonstances quotidiennes. Je devais la réapprendre avant de m'offrir à elle. Me démasquer prématurément, c'était renouer avec ces entrevues où nous nous guindions respectivement dans nos rôles plus déchirants que nature. Marie, rendue à la liberté de ses jeux, résumait devant moi la dizaine d'années que j'avais perdue loin d'elle. Je n'allais pas me mêler de la contraindre sous mes embrassements. Jacques Chardonne l'a dit : « Celui qui vous aime est trop près. » Ma fille était souvent déconcertée par les baisers sous lesquels je me sentais enclin à l'étouffer, faute de meilleures preuves. Je me contenterais donc de lui faire l'hommage de ma mélancolie à l'épier sans rien dire... En outre, mon escapade n'était pas très reluisante.

La plage était déserte sur des kilomètres, à l'exception d'un petit grouillement de silhouettes multicolores, dans une crique arrondie au pied de la falaise. Je me suis approché à l'abri des rochers, retrouvant de la jeunesse et un goût amer à cet exercice, ne sachant trop si j'étais grotesque, immonde ou sublime. Marie a de jolies jambes brunes qui me flattèrent, peu ou pas de poitrine, mais je ne me suis pas attardé. Elle trônait le plus souvent au centre d'un conciliabule qui se formait et se désassemblait au gré de son caprice. Ainsi, je découvrais cette meneuse espiègle dont j'avais entendu parler. Quand tout le monde se précipitait jusqu'au bord de l'eau, je ne la distinguais plus qu'à son maillot clair sur lequel elle portait un gros chandai troué qui ne parvenait point à l'épaissir. Je me suis dit que j'essaierais de saisir le sens de ces évolutions, la règle de ces divertissements ; je me suis proposé également d'acheter des jumelles. Jusqu'ici les décrets de Marie me sont demeurés impénétrables, quant aux lorgnettes, j'ai craint d'avoir l'air d'un cochon. Mais je pouvais m'asseoir là, appuyé au varech, jeter de temps en temps un regard sur Marie, me donner l'illusion qu'elle était sous ma surveillance, que nous passions enfin nos vacances ensemble. « Alors, on serait... on serait... » proclament volontiers ces enfants quand ils demandent au jeu de déguiser la vie : on serait des marchands... on serait dans un sous-marin... on serait en Amérique... Eh bien, de ce côté-ci des rochers, on jouait au papa sans la maman ; on était un père plein de sollicitude, d'indulgence et de discrétion. En somme, c'était la vie rêvée. Dans ce système imaginaire, Marie cessait d'être une orpheline. Et il me semblait qu'elle l'était effectivement beaucoup moins que les autres, chaque fois que je la regardais.

Ce varech épousera la forme de mon corps. J'y suis revenu tous les jours où le temps le permettait, à l'heure de la récréation. J'emporte un livre, des journaux ou du travail pour O'Neill. J'ai remplacé la cigarette par la pipe qui escamote plus proprement la fumée. Je mène enfin une existence familiale à côté de Marie, attendri par sa maladresse à certains exercices, inquiet lorsqu'elle s'aventure vers la zone où des panneaux indiquent que le terrain n'a pas été entièrement déminé. Parfois, je suis sur le point d'intervenir, mais la monitrice, nurse exemplaire, la rappelle au bon moment. Ma fille se fait un peu prier pour épater la galerie, surtout un garçon plus âgé qu'elle autour de qui la malheureuse tourne assidûment. Parmi les silhouettes auxquelles j'ai fini par m'habituer, j'ai vite remarqué ce petit coq de collège, doré comme un brugnon, dont les pantalons longs font autorité. Il m'a semblé que Marie l'amusait, qu'il la protégeait, et qu'ils s'efforçaient de se trouver dans la même équipe. J'en étais heureux, car c'était là une bonne fréquentation.

Un matin, levant les yeux, j'éprouve l'impression étrange que Marie est seule sur la plage. Elle regarde la mer. La monitrice l'empêche de se retourner. Serait-elle au piquet ? Je comprends à la longue qu'une partie de cache-cache s'est amorcée et que c'est à Marie de chercher. Il n'en faut pas davantage pour que je devienne abominablement partial : quand bien même ne serait-il pas mon enfant, je me sentirais dans le camp de cet être pathétique qui s'en va maintenant à travers le monde, à tâtons.

Je m'avise de ce que je ne l'ai jamais vue livrée à elle-même. Elle pivote sur un talon, hésite, puis s'engage dans ma direction. Par prudence je me replie vers les blockhaus. Quand je me retourne, elle est en train d'escalader les rochers avec une grâce déliée que je n'ai pas le temps d'admirer ; je me glisse dans une des casemates, une rotonde de béton prolongée par un long wagon creusé dans la colline. Dans l'obscurité une mince meurtrière m'attire : Marie est maintenant à deux pas de moi. Je suis frappé par l'expression de tristesse qui marque son visage, sans commune mesure avec l'air désemparé qu'ont brusquement certains enfants lorsqu'ils ne se savent plus observés, ni soutenus. De part et d'autre du nez retroussé, les yeux s'étalent en larges gouttes ; ses cheveux, pourtant courts, lui mangent le front ; elle les relève d'une main lasse, se frotte les paupières, et je suis bien placé pour constater que c'est avec un engouement mal affermi qu'elle scande : « Il est dé-fen-du de se cacher dans les blockhaus! » Puis, trop loyale, elle s'éloigne sans vérifier, d'une démarche déjà résignée. J'entends alors un chuchotement, malhonnête celui-là, dans le fond de l'abri où des stalles en chicanes dessinent un labyrinthe.

— Quelle gourde! s'exclame une voix de fille. Maintenant on est tranquilles. Tu as apporté une cigarette ?

— Attends qu'elle ait fichu le camp, répond un garçon.

Je suis mal à l'aise. Une allumette craque.

— Et voilà, reprend-il, fume la première...

— Non, toi, minaude cette garce. Tu fais ça avec Marie.

— Elle n'aime pas.

— Je trouve qu'on est bien tous les deux ; les autres sont trop gosses ; ils ne savent rien, nous on sait.

— Tu parles.

— Dis, François, tu devrais essayer de te mettre à côté de moi au réfectoire.

— Et Marie ?

— On se débrouillera...

Je suis sorti du blockhaus sur la pointe des pieds. Je ne voulais pas en entendre davantage. Marie était déjà redescendue sur la plage où elle dénombrait ses prisonniers, mais elle avait la tête ailleurs, scrutant avec inquiétude l'ensemble de la crique, s'attardant sur les lieux que je venais de quitter. J'espérais encore que ce François n'était pas son chevalier servant. C'était lui. Je crois que j'ai rougi quand il est passé bien poliment devant moi, tenant par la main une assez belle bringue à la mine impérieuse. Dans la bourse qui lui pendait au poignet, elle glissait un mégot, en gage de leur complicité. J'ai éprouvé qu'il n'y a pas d'humiliation plus maligne que celle que nous subissons à travers nos enfants.

Je croyais m'en être consolé rapidement et voilà qu'il me revient ce matin d'une façon insupportable que Marie est à la merci d'un chagrin. Cette menace ajoute un nœud rose à toutes celles qui pèsent sur moi ; elle procède de la malédiction Fouquet père et fille, celle qui éloigne Claire en Espagne avec

Dieu sait qui, incite Paris à me porter déserteur, me ligote dans la boisson et le dégoût de moi-même. Mes factions monstrueuses dans les rochers ; je le sais bien, ne sont pas d'un voyeur ; pire : elles sont d'un masochiste. Souffrir sur le vif de ne pas contribuer à la vie de Marie n'est pas une façon de mieux l'aimer, mais de me déchirer davantage. C'est encore sur moi-même que je m'attendris le plus confortablement. Ce qui m'apparaît comme des circonstances atténuantes dans le train ordinaire m'accable aujourd'hui. Je ne suis pas un individu triste je suis un triste individu. J'ai beau me dire que le calvados d'Esnault pousse à l'angoisse, tous les états d'âme ne viennent pas du foie. Le casque des soucis me tombe sur la tête, jusqu'aux sourcils. Je ne voudrais pas que le jour se lève...

Fouquet naviguait aux enfers sur un fleuve de sueur quand on frappa à la porte. S'arracher au coma, laisser tomber ses vêtements, ouvrir ses draps, ce sont de singulières manœuvres si le soleil est déjà haut, car il y avait du soleil, après une semaine de pluie, et ce serait le grand événement de la journée. Fouquet se glissa dans son lit comme à la parade, en habitué, et Marie-Jo, portant le plateau du petit déjeuner, le trouva retranché derrière ses couvertures, le visage buté.

— Monsieur Gabriel n'a pas fermé ses volets, dit-elle, monsieur Gabriel fait une drôle de bobine, ce matin.

Elle bêtifiait par timidité, évitant de regarder sur la droite les négresses clouées nues au papier de couleur, sur la gauche Fouquet qui se débraillait volontiers pour l'effaroucher. Tout la troublait dans cette chambre où elle s'attardait avec des palpitations, un œil sur la porte, les joues enflammées, et la panique lui donnait une audace bourrue. Parfois, le jeune homme essayait de la retenir un peu, aimant cette familiarité admirative, ces naïvetés, à travers lesquelles il pénétrait dans l'intimité de la maison sans affronter M. Quentin dont l'indifférence paraissait receler une perspicacité effrayante. Ce jour-là, considérant la jeune fille comme un témoin à charge parmi d'autres, il fut hargneux. Elle crut à une plaisanterie, car il s'efforçait souvent à de grosses malices avec les servantes.

— Vous avez dormi sur votre mauvaise oreille, dit-elle.

— On en parle déjà ?

— Quoi donc ?

— Je suis rentré tard, jeta-t-il. Je sais que j'ai fait des bêtises. Votre patron m'a vu dans cet état ; il doit rigoler encore. Moi aussi d'ailleurs.

Prendre les devants, toujours. Claire reprochait souvent à Gabriel de monter en épingle les manifestations de l'ivresse, de, s'en amuser avec les camarades, cellule anxieuse entre la détresse et le rire. Elle ne comprenait pas qu'il y eût une sourde volonté d'exorcisme.

— M. Quentin ne parle jamais de ces choses, répondit Marie-Jo. A vous-même, il n'en reparlera pas. Madame, ça n'est pas pareil ; mais pour lui : hier c'est hier... D'ailleurs, à ce qu'on raconte, il sait bien ce que c'est !

70

Sait-on jamais ce que c'est? Ce va-et-vient aux abîmes est un trajet solitaire. Ceux qui remontent de ces gouffres se sont cherchés sans se rejoindre. Seule, la cruauté du jour rassemble leur troupeau errant. Ils renaissent douloureusement et se retournent : la nuit a effacé la trace de leurs pas. Les ivresses, si contagieuses, sont incommunicables.

— Vous l'avez vu, ce matin, demanda Fouquet, comment est-il?

— C'est à vous qu'il faut demander cela. Lui, il est comme d'habitude. Il vous fait donc tellement peur?

Le sourire accablant de la femme de chambre, sa conscience trop bien repassée, cette question désopilante posée sur le ton d'une confidence de préau, irritèrent Fouquet.

— Si j'ai peur de quelque chose, c'est de lui avoir fait de la peine.

Cette fois, elle pouffa franchement :

— Pour lui faire de la peine, il faut se lever de bonne heure... ou se coucher plus tard.

— Bien sûr! Il ne s'intéresse pas aux autres. A vous, par exemple?... Il ne vous...

— Voyons, monsieur Fouquet! c'est un homme de bon sens.

— Il est très malade, n'est-ce pas? Le bon sens c'est une sorte de régime.

— Première nouvelle! En trois ans, je l'ai toujours vu solide au poste. Le médecin ne vient pas ici.

— Je croyais.

— Les mauvaises langues vont vite.

— Pourquoi ? Ce n'est pas un péché d'être malade.

De cela, Marie-Jo était moins sûre. Élevée à l'étable, elle était disposée à confondre la santé avec la vertu. Sa bonne mine plaidait pour elle.

— C'est une punition, dit-elle. Je n'aimerais pas servir chez un malade.

Comme si cette conversation eût corrompu l'image d'une vie qu'elle se représentait sous la forme d'une pomme : la fleur blanche, les flancs arrondis, la peau ridée... elle fit retraite dans le couloir.

— Vous êtes occupée à ce point ? Ne me laissez pas si vite.

— C'est la chasse, dit-elle, on tire déjà un peu partout. Et puis, il y a le service du dimanche. Ah ! j'oubliais : vous avez du courrier, même le dimanche ! vous voyez : je ne vous laisse pas seul. Je l'ai trouvé dans votre casier. Vous aurez négligé de regarder, hier soir, en montant... Mangez avant que ce soit froid.

Le courrier, lui, avait eu le temps de refroidir. Fouquet le préférait ainsi. Alors qu'il n'ouvrait rarement une lettre qu'il ne l'eût longuement flairée, s'arrangeant au besoin pour l'égarer au fond d'une poche, dans un tiroir, il avait prié M. Rogeais de passer chez sa concierge pour lui expédier, à intervalles raisonnables, ce qu'il considérait comme un colis d'embêtements. Tièdes, ils étaient beaucoup plus comestibles. Le recul, la distance désamorçaient les agressions. Ultimatums échus la semaine précédente, sommations pour dans un mois : les chasseurs tiraient trop court ou trop long ; Fouquet ne se sentait jamais atteint de plein fouet.

A travers l'écriture d'O'Neill, il devina les trépignements : « Je vous envoie une mèche de mes cheveux, ceux que je me fais à cause de vous. Impossible de vous joindre. Nous sommes en train de rater la rentrée. Le rideau se lève, il faut tenter de vivre! Si je dois travailler avec l'homme invisible, autant s'arrêter là. Je vous donne jusqu'au terme pour vous manifester (dépassé depuis huit jours!). Je vous déteste de m'obliger à parler comme un propriétaire..., etc. »

Bien sûr qu'O'Neill était le propriétaire, mais si charmant. Il avait supplié Gabriel, dont il s'était entiché, de rédiger les courtes saynètes publicitaires qu'il essayait de faire jouer sur les théâtres, durant l'entracte, équivalent en chair et en os de la publicité filmée. Pour des raisons mal débrouillées, où les dames des lavabos avaient leur mot à dire, l'entreprise n'était pas viable sauf pour Fouquet et pour les quelques artistes de troisième ordre qu'on enrôlait en leur faisant valoir qu'ils trouvaient là une occasion inespérée de prendre la dimension des planches. O'Neill engloutissait une fortune, mais frôlait un cheptel de comédiennes maquillées et poursuivait à l'aveuglette une route hérissée de traites protestées, au bout de laquelle il croyait apercevoir un Chabanais étincelant où les jeunes personnes ne voyaient que la Comédie-Française.

La seconde lettre était de Mᵐᵉ Fouquet :

« Ton tuteur entoure tes activités (ton-tu-touti-té), d'un mystère jaloux, mais toi, tu n'entoures pas assez ta mère. Pour me consoler de cette carence, Rogeais m'a emmenée aux courses de chevaux. Quelle révélation tardive! Les jockeys sont délicieux. Ils me rappellent notre petite Marie, même taille, même vivacité. Mais ces miniatures m'ont rapporté de l'argent, alors que ta fille m'en coûte. Sur mes gains du Tremblay, j'ai pu avancer à Gisèle une partie de la pension alimentaire d'octobre que tu n'as pas encore payée. J'irai à Longchamp, dimanche, pour compléter la somme. Pourquoi ne joues-tu pas aux courses? Il me semble que les garçons de ton âge, avec les responsabilités auxquelles tu dois faire face, ne laissent passer aucune occasion d'améliorer leur situation. Il paraît que tu peux le faire par correspondance (souligné). Où que tu sois, et avec qui. Songes-y. J'espère que tu es en compagnie d'une femme de ton choix qui ne te détourne pas trop de tes devoirs, qui sont : 1º Veiller sur ta santé. 2º Gagner de l'argent. Si tu avais besoin de quelque chose, fais-le-moi savoir : je miserais en ton nom une petite somme avec autant de ferveur que j'en apporte à faire chaque soir une prière pour toi. Tu me laisses vraiment tout faire ; mais c'est ma plus précieuse raison de vivre…, etc. »

La dernière enveloppe surchargée de ratures était timbrée de Tigreville. Fouquet reconnut la signature tremblotante de Marie sur ce boomerang, revenu à son point de départ le frapper au plus juste.

CHAPITRE III

Un gendarme aux gants blancs vient se poster
au carrefour et l'on sait que c'est dimanche. De
la fenêtre de sa chambre, Fouquet observe ce man-
nequin de l'ordre au centre de la place du 25-Juil-
let, dans une impassibilité d'épouvantail. Les
passants et les véhicules s'en éloignent ; seule son
ombre va tourner autour de lui jusqu'au soir comme
une flèche projetée d'un cadran solaire. Quand un
képi difforme s'allongera vers la façade de l'hôtel,
il sera onze heures ; les cloches sonneront la messe.

Fouquet, cotonneux, est affalé devant sa table.
S'il se recouche, il ne descendra pas de la journée.
En pareille circonstance, les experts préconisent
de reboire un verre « du même » pour étaler,
renouer le passé à l'avenir. Ces matinées sont des
rééducations perpétuelles. Fouquet essaie de travailler pour ne pas penser à la lettre de Marie qu'il
n'a pas encore ouverte, qu'il a glissée sous la rame de
papier où il griffonne sans entrain, se déliant d'une
obligation dans une autre, selon une méthode
éprouvée.

« Projet de sketch pour une publicité jumelée :

Sous-vêtement, lessive. En scène le cardinal de Richelieu. Il porte la plus grande attention aux propos que lui tient à l'oreille un capucin barbu, en qui l'on reconnaît le fameux Père Joseph. Soudain, jaillit des coulisses un athlète définitif, vêtu d'un slip immaculé (on pourra recruter le personnage parmi les Apollons qui pullulent dans les concours de plage). Surprise admirative du cardinal qui révoque d'un geste son conseiller habituel et, désignant l'athlète, déclare au public : " *Je croyais que mon éminence était grise, mais le sien a la blancheur...* " (ici le nom du produit). Note à l'attention de M. O'Neill : cela est tout à fait navrant et il y aura évidemment des choses à mettre au point dans le texte de Richelieu. Vous me direz, en outre, que ça manque de femmes... »

Là-dessus, les cloches ont sonné. Depuis qu'il est à Tigreville, Fouquet assiste à la messe. C'est une façon d'apercevoir Marie autrement qu'en maillot de bain ; c'est aussi une habitude qu'il a prise lorsqu'il voyage loin de Paris, à l'étranger. L'église est une ambassade dont il se sent malgré tout le ressortissant ; on y parle le langage d'un pays qu'il reconnaît pour le sien ; il peut y demander aide et protection, faire enregistrer sa contrition des lendemains de cuite et en ressortir avec un visa prolongé. Visa pour quoi ? Visa pour continuer ? Un jour tout cela craquera. En attendant, il s'habille à la hâte, fourre la lettre de Marie dans sa poche. Rien n'est simple : le désir de savoir ce qu'elle contient peut le brûler d'un seul coup, pour peu qu'il s'en trouve moins indigne.

Apparemment, M. Quentin ne va pas à l'église le dimanche, mais il ne voit pas cela d'un mauvais œil. La première fois, peut-être a-t-il haussé les sourcils en déchiffrant sur Fouquet les signes d'un apprêt cérémonieux. Aujourd'hui il va se dire : « Décidément, ce garçon appartient à toutes les chapelles. » Fouquet hésite sur les marches de l'escalier, lorsqu'il l'aperçoit installé à son bureau, lisant derrière des lunettes qui jurent avec son visage de plein air. Il voudrait plaider que ce qui s'est produit la veille est un accident, que ses vagabondages à travers Tigreville empruntent d'autres cheminements, lui faire valoir une abstinence exemplaire de trois semaines. Ce serait trop en dire. Il arrive sur Quentin : « Excusez-moi pour cette nuit. » L'autre lève des yeux surpris, se contente de hocher la tête avec une moue d'approbation : « Ça va comme ça », puis il se replonge dans sa lecture. C'est tout. Gabriel est loin d'être soulagé. Parvenu au perron, il regarde encore cette montagne derrière lui, où il se trouvait il y a un instant, et qui est retournée à ses nuages. Il ne distingue déjà plus dans le paysage cette ouverture d'intelligence, de tendresse ou de mépris qu'il a sans doute rêvée. Ce bloc ne présente aucune faille. C'est probablement ce qu'Esnault appelle avec humeur la « moralité ».

L'église rafistolée, dépourvue d'autre caractère que celui de ses blessures, s'élève sur un rond-point entouré de boutiques aux couleurs vives où des commerçants, avec l'obstination de la marée, ramènent chaque matin en vitrine des objets surgis d'antres immémoriaux : mercerie ineffable, instruments orthopédiques, colifichets d'officiers de marine. Il paraît qu'en été les fidèles débordent jusque sur le parvis. La porte capitonnée qui retombe sur les talons de Fouquet fait un bruit de bouchon sur une bouteille à moitié vide. La nef est sombre, le chœur vaguement éclairé ; on chuchote un peu partout, à l'autel et dans les travées. A son habitude, le cours Dillon est massé le long de la chapelle latérale vouée à saint Antoine de Padoue, patron du cache-tampon. Marie porte une robe en tissu écossais et s'agenouille à contretemps. Fouquet progresse à l'abri des piliers, songeant à ces princes hindous, ces étoiles d'Hollywood, ces magnats du pétrole, qui s'offrent le luxe d'enlever leurs enfants d'un continent à l'autre. Mais ce petit office bâclé en sourdine évoque davantage l'intrigue de mousquetaire. Fouquet tient dans sa poche un billet plié et convoite dans l'ombre. Il se demande si la prière de Marie ressemble à une lettre au Père Noël ou si elle prend déjà les formes de la méditation. « Mon Dieu, exaucez-la, je vous en ai souvent parlé, elle est ma fille. Eh bien, je vous la présente. Elle a du répondant. Nous nous connaissons vous et moi, vous surtout... » A la faveur de la communion, il décachète sournoisement l'enveloppe. Froissements de pochette-surprise dans une salle de spectacle :

« Mon petit papa. Je suis dans ma pension. Les monitrices sont gentilles avec nous, les garçons et les filles aussi, sauf une qui s'appelle Monique. Elle a la maladie, c'est bien fait, il y a des jours où elle ne peut pas se baigner, j'en profite.

Je suis dans ma pension. Je serais heureuse que tu viennes me voir et que tu m'apprennes à nager. J'espère qu'il fait beau à Paris et que ton théâtre marche bien fort. Je serais heureuse si tu m'envoyais un cadeau avec des cigarettes dedans. Mille millions de baisers... »

Rien de grave en somme, aucune de ces vérités qui sortent de la bouche des enfants, aucun de ces venins qu'ils véhiculent à leur insu, rien que le sentiment un peu plus cruel de l'absurdité de l'existence, voilà ce qu'apporte à Fouquet la lettre de sa fille. Cependant, le rouge lui monte au front. « Si j'apparaissais maintenant, pense-t-il, la présence réelle lui deviendrait accessible, elle découvrirait la puissance d'un vœu, m'égalerait à Dieu : ou m'appelle, j'arrive. » Cette condition où vous placent, en de certaines circonstances, de terrifiants pouvoirs sur les autres, il la redoute trop pour en avoir mésusé avec Claire, avec Gisèle, avec les gens. Voir et savoir, sans être vu ni connu, telle est la maxime d'un démiurge ivrogne et aboulique, qui ne répond plus aux prières, aux lettres et aux coups de téléphone. Au plus mou de sa mauvaise foi, Fouquet essaie de porter cette inertie qui le cantonne en marge de ses devoirs au compte d'une confiance ascétique dans la création, doublée d'une humilité absolue chez la créature. Il n'espère pas que Dieu sera dupe, il le lui suggère à tout hasard.

Parmi les garçons, séparés des filles par les monitrices dûment chapeautées, un rayon de soleil estampille le jeune François au bon endroit. Il domine son entourage de la tête et des épaules.

Fouquet se demande ce que sont ses parents et s'installe dans l'autre plateau de la balance, du côté de Marie, où tout semble très léger. Le vrai Dieu aura peut-être pitié de cette cause minuscule d'un bonheur d'enfant si mal engagé depuis la génération précédente. Ce François, fort découplé pour son âge, pourrait être le fils de Fouquet et celui-ci s'étonne de se sentir si proche de lui, dans une veste de daim presque semblable, déplorant qu'aucun organe ou accessoire supplémentaire ne désigne les prestiges de la paternité. Du même clan, soit! mais avec quand même quelques brisques de plus. Et Quentin donc! Dieu sait qu'il fait sonner ses années de campagne, avec des mines de n'attacher d'importance à rien. La pensée de Fouquet s'égare sur des sentiers maudits où, toute barrière abolie, Quentin éructant comme un Vésuve trébucherait à son bras dans de grands éclats de rire, des sentiers où il serait à son tour le diable de quelqu'un d'autre.

La messe est dite. Elle s'achève toujours plus vite qu'elle n'a commencé. Déjà le cours Dillon s'aligne à l'entrée de l'avenue de l'Impératrice. Il s'ébranlera quand on aura récupéré la tante Victoria que l'on confie à la pâtisserie Thominet avec son crédit illimité pendant la durée du service. Les quatre-vingts ans de la fondatrice ne s'accommodent plus de l'exiguïté des prie-Dieu. Deux enfants seront appelés au privilège discutable d'épauler la gouvernante de la vieille dame dans la montée de la côte des Mouettes. Sur la place, il y a encore moins de monde qu'à l'ordinaire en raison de la chasse. Les automobiles des propriétaires environnants sont conduites par de cavalières jeunes femmes aux visages de caciques. Fouquet peut rentrer dans sa chambre d'hôtel, c'est fini pour aujourd'hui.

Il ne faudrait pas se rendre dans les lieux publics, partager le gâteau commun, si l'on doit accomplir le trajet du retour d'un pas qui ne trouve pas d'écho. Fouquet avait déjà parcouru la moitié de la rue Sinistrée, quand il reconnut sur le trottoir opposé deux jeunes filles qu'il avait remarquées les dimanches précédents sans s'arrêter autrement à la beauté altière de l'une d'elle, ni à la gaieté pétulante de sa compagne. Feignant de s'entretenir et réglant leur allure par de brefs coups de sonde dans les vitres des magasins, elles allaient à son rythme. Si ignorant qu'il fût de ce code de la marche, il vit là un manège destiné à attirer son attention et à lui signifier celle qu'on lui portait. Il eut garde de ne pas laisser transparaître qu'il avait capté le message mais, parvenu devant Stella, continua son chemin au-delà de la place du 25-Juillet, en suivant la route de Paris. Depuis longtemps, il n'avait éprouvé ce genre d'émotion. Le vin allègre qui se mit à courir dans ses veines l'emporta durant quelques instants, dispersant les derniers cotons de l'ivresse et la meute des remords. La vie était encore une promenade fréquentable si des jeunes filles le prenaient pour un jeune homme. Il suffit d'un regard vierge pour délivrer le prince de l'enveloppe monstrueuse où il est retenu.

81

En accédant à cette partie de la ville à travers laquelle il ne s'était jamais aventuré, Fouquet devint plutôt joli par le simple jeu d'un réflexe oublié. L'empire sur soi-même ne procède pas de ces grandes machineries qu'on appelle l'âme ou l'esprit, il est gouverné par des artisans obscurs; la beauté est une affaire de vaso-constriction et de sphincters, celle de Gabriel prenait naissance dans la forge des reins et lui remontait aux pupilles en gonflant ses lèvres au passage. Son seul effort, par quoi il se distinguait de l'animal, tendait à refouler vers l'intérieur l'idiotie qui affleurait sous cette mimique.

Elles pouvaient être âgées de dix-huit ou vingt ans, blondes toutes deux, avec des tailles très fines. La plus belle était montée sur de hauts talons qui lui arrondissaient le mollet, l'autre portait d'agiles chaussons lamés d'argent, les sandales mêmes de Mercure. Elles se prirent par le bras en s'engageant dans le Chemin Grattepain et leurs joues se frôlèrent, leurs mèches s'emmêlèrent, lorsqu'elles tournèrent la tête pour voir si Fouquet suivait bien. Il les entendit pouffer et continua d'avancer sans réfléchir qu'il venait de brûler successivement l'alibi du marchand de journaux, celui de la poste, celui plus aléatoire de la gendarmerie. Il progressait maintenant en terrain découvert entre deux rangées de lotissements ouvriers dont les familles devaient vivre sur le pas de leurs portes, n'ignorant rien les unes des autres et, sauf à prétendre visiter la laiterie ou l'usine à gaz qui clôturaient ce cul-de-sac, il se rendit à l'évidence qu'il venait de montrer ses cartes le premier. Se donnant des airs d'admirer ce paysage sans ampleur, il remarqua qu'il n'avait jamais rencontré ces jeunes filles durant les jours de la semaine, d'où il déduisit qu'elles devaient travailler dans le coin, plus probablement à la laiterie, et loger dans l'une de ces maisons, peut-être sous le même toit, bien que leur complicité tendre ne fût pas celle de deux sœurs. Et c'était dommage par certains côtés, car il se refusait à dissocier l'équipage qu'elles formaient, où il traquait davantage une allégorie de la jeunesse au cœur miroitant qu'un objectif à atteindre. « Qu'est-ce que tu vas chercher là ? se disait-il gaiement. Tu n'as rien à leur raconter, peu de choses à leur faire, ou tellement qu'il faudrait t'y prendre tout de suite en vieil adulte qui n'a pas de temps à perdre. A mon âge, il n'est plus de bon ami, je vous l'avoue tout net... Que suis-je en train de dire ? J'ai vingt ans, vous voyez bien, nous allons échanger nos photographies, vous m'écrirez quand je partirai soldat. Madeleine nous servira de boîte à lettres, ou Dominique, ou Jacqueline. Ce sera une très lente intrigue qui remplira chaque journée de signes et de menus gestes, dont chacun nous fera mieux trembler que des baisers. »

Et tout à coup, elles disparurent, escamotées par l'un ou l'autre de ces jardinets ; des portes claquèrent, mais lesquelles ? Fouquet, sur sa lancée, accomplit encore quelques dizaines de mètres, quêtant en vain une trace, ceinture ou ruban pendu à quelque balcon, frivolités par quoi se révèlent à la fenêtre les demoiselles de province. Rien ne se manifesta qu'un personnage goguenard, surgi derrière une tondeuse, qui le dévisageait avec application. Soucieux de ne pas encourir la chevrotine d'un père, d'un frère, ou d'un promis ombrageux, Fouquet reprit en sens inverse le Chemin Grattepain, sans amertume, car la mystification faisait partie du jeu, et même le cerbère. Ce n'est qu'en rejoignant la route de Paris qu'il se demanda si celui-ci n'était pas l'homme qui l'avait ramassé cette nuit, en ricanant.

« L'ouverture de la chasse ? à qui le dites-vous... » répondait Fouquet à Mme Quentin, qui s'attardait devant lui, lorsqu'elle passait entre les tables de la salle à manger. L'exaltation que lui avait procurée la sortie de la messe n'était pas encore tombée et, maintenant que l'occurrence en était passée, il se reprochait gaillardement de n'avoir pas abordé ces deux cailles : toucher n'est pas ramener !

— Je disais, reprit Suzanne Quentin, que vous devriez vous donner de l'exercice, vous ne mangez rien. Si vous étiez mon fils...

Il venait d'écouter sans humeur des considérations sur sa petite mine, reproches que rien ne justifiait, sinon des échos de la veille. Il avait pourtant la certitude que Quentin n'avait pas parlé, que c'était précisément le secret qui lui faisait ce visage plombé d'un homme à qui l'on doit rendre des comptes, irrésistiblement, ce visage insupportable. Esnault se trompait : Quentin ne jugeait pas les autres, il était un témoin silencieux, d'autant plus gênant qu'il venait de ce bord-ci, un traître en somme, dont les renseignements demeuraient inconnus, les mouvements imprévisibles. Une autre vérité, guère moins irritante, était qu'il s'en fichait peut-être.

— Je bois trop, dit carrément Fouquet. J'ai trop bu cette nuit. Je ne sais pas m'arrêter.

— Il ne faut pas commencer, répondit-elle, en lorgnant la bouteille, ceux qui le veulent, s'arrêtent.

— Vous parlez contre votre intérêt.

— Mon intérêt c'est la santé de mes clients.

— Ouvrez plutôt un sanatorium. Votre mari ne vous avait rien dit?

Elle parut désarçonnée :

— Non, fit-elle, il m'a simplement rapporté que vous aviez bavardé très tard. Il sait que ces choses m'inquiètent...

— Ne m'en veuillez pas.

— Je ne dis pas cela pour vous.

Pour qui le disait-elle? Fouquet comprit qu'il venait d'amorcer une trahison en suggérant à Suzanne que Quentin était encore capable de lui travestir la vérité et il n'en fut pas mécontent. Comme si elle eût compris le danger de s'engager plus avant dans cette conversation, Mme Quentin rompit avec un sourire un peu forcé, bientôt relevée par Marie-Jo.

— Alors, demanda celle-ci, ça marche?

Elle avait troqué sa blouse blanche des matinées pour un tablier de dentelle épinglé sur un corsage noir, qui laissait transparaître un harnachement compliqué de sangles et de bretelles. L'idée vint à Fouquet qu'elle était vierge sous tout cela ; non que la chasteté lui eût beaucoup pesé depuis quelque temps.

— Eh bien, non, lui répondit-il, ça ne marche pas du tout.

— Faites semblant.

— Je ne fais que cela ; la vie y passe.

— Ce sont peut-être les petites filles qui vous trottent par la tête ?

— D'où tenez-vous cela ?

— Ma collègue vous a vu traîner autour du cours Dillon.

— Il ne manquait plus que ça : les patrons me prennent pour un ivrogne et les bonnes pour un satyre !

— Tant qu'on n'a pas à se plaindre... dit-elle en riant.

— Chère Marie-Jo, puisque c'est dimanche, je vais vous faire une confidence : j'ai une grande fille d'au moins treize ans.

Elle haussa les épaules :

— Je ne vous crois pas.

— A la bonne heure !... Maintenant, retournez à vos fourneaux : tout ce monde a faim !

— Même vous ?

— Sauf moi. J'ai dit : tout ce monde...

Elle jeta un coup d'œil sur la salle :

— Encore, ce n'est pas grand-chose. Vous verrez ça, la semaine prochaine, pour la Toussaint ; avec tous les morts qui sont enterrés dans le pays, on n'a pas le temps de s'embêter... Il vient même des

86

Américains ! Si vous préférez, je vous servirai à part.

— Je n'ai rien contre les Américains, dit Fouquet distraitement. En revanche, savez-vous qui sont ces personnes qui entrent ?

— Ce sont les tables retenues.

— C'est assez clair, fit-il, en voyant les nouveaux venus redresser bruyamment des chaises qu'on avait disposées en bascule pour prendre option sur une demi-douzaine de couverts. En tout cas, voilà des gens organisés ; sont-ils ensemble ?

— Je ne crois pas. Avec la demoiselle, ce sont des garagistes de Domfront ; les autres, avec le jeune garçon, je ne vois pas. Ils vous intéressent tellement ?

— Je ne leur donne pas une heure avant de prendre leur café à la même table... s'ils n'ont pas déjà trinqué à l'apéritif ou chez le pâtissier.

— Ce n'est plus de l'amour, c'est de la rage, plaisanta Marie-Jo, en lui chipant le menu.

— Ce serait plutôt de la rage, en effet.

S'il avait désiré connaître les parents de François, il était comblé. Le père, qui devait appartenir à la même promotion que lui, paraissait dix ans de plus, handicap consenti par la fantaisie armée à la légère aux pesants centurions du réalisme et qu'elle ne rattrape jamais, dix ans bien employés à se carrer dans l'existence, qui vous permettent de rencontrer impunément vos anciens condisciples ; il portait un veston à la mode, des lunettes sans monture, un front serein sous des cheveux en brosse et un soupçon d'embonpoint raboté par la pratique du tennis, qui le dispensaient d'en dire davantage. Il pouvait s'abandonner à la détente dans la compagnie de cette toujours jeune maman, radieuse d'échapper au décalage commun qui donne à certaines femmes aux approches de la quarantaine, l'air d'avoir mis au monde leur mari. Certes, ce père qui auscultait une langouste avant de s'en servir, n'était pas un gamin.

Celui de Monique, car comment douter que cette grande bringue qui fumait l'autre jour dans le blockhaus fût Monique, et il suffisait pour se convaincre qu'elle était en âge d'avoir « la maladie » d'apercevoir dans l'échancrure de son sweater un échafaudage aussi important que celui de Marie-Jo, était la réplique provinciale du père de François. Il procédait même d'une notabilité moins diffuse, sinon plus étriquée, qui disposait du privilège de se donner à constater dans les cercles fermés de Domfront, les garden-parties, les rallyes automobiles et jusque dans l'accroissement évident de son chiffre d'affaires. Son épouse, parfaite auxiliaire, conjuguait le verbe Avoir et renchérissait en dynamisme.

Les enfants, à quelque distance l'un de l'autre, n'étaient pas sans ressentir cette harmonie tacite entre les deux foyers, au milieu de quoi Marie et Fouquet eussent détonné comme des bohémiens, et stimulaient les premiers courants de sympathie qui s'établissaient, en chantant leurs louanges réciproques. Surprenant leur attente, la jonction se fit sur le mot cholestérol et se scella sur celui de canasta. Les tables se rapprochèrent. Fouquet éprouva plus douloureusement combien il manquait quelqu'un à la sienne.

Le geste de s'alimenter est triste chez l'homme seul ; il est dépourvu d'aisance, tantôt furtif, tantôt complaisant, vite maniaque. Depuis qu'il prenait ses repas au Stella, Fouquet tentait d'échapper à ces rites favorisés par le célibat, ces tics à la mie de pain, dont les voyageurs de commerce, voraces et méticuleux, lui renvoyaient l'image touchante, assez obscène. Les rares femmes montraient ce qu'est la véritable indifférence, bâclant la formalité sans enjolivures, réellement en transit, mais il évitait de les regarder pour ne pas contrarier une fonction aussi naturelle. En revanche, la présence d'un couple le blessait, quand il le voyait s'assortir pour cette cérémonie dont l'ordonnance courtoise lui rappelait que les êtres ne sont pas destinés à vivre en face d'une chaise vide. Et que dire de ces enfants jouisseurs, devant lesquels des pères gonflaient un goitre suffisant et giboyeux de pélican de passage !

Langouste, pour deux, caneton pour deux, chambres à deux lits, lits à deux places..., le schéma de l'univers le réduisait à la portion en toutes choses. Mais c'est à table qu'il s'en rendait le mieux compte, où nuls doigts ne frôlaient les siens pour le pain et le sel, où l'éventail d'un vase de fleurs masquait en vain l'absence d'un sourire. Là était aujourd'hui la place de Marie ; là était tous les autres jours la place de Claire. Car il n'était pas si bon père que l'appétit du bonheur qu'on reçoit ne l'emportât sur celui du bonheur qu'on donne.

Il demeurait malgré tout très éloigné du tableau de famille qu'il avait sous les yeux et ne doutait pas que Marie elle-même eût éprouvé quelque humilité en comparant leur tête-à-tête à la liesse chaleureuse où baignaient ses deux camarades. Voilà donc les joies auxquelles il avait été promis autrefois, tout ce qu'il avait manqué, et dont ces jeunes ménages lui administraient confortablement le corrigé exemplaire. Si médiocres que lui parussent les valeurs dont ils tiraient avantage, elles trouvaient leur justification dans l'épanouissement de ces enfants.

Fouquet rêve. « Va jouer avec eux! — Je ne veux pas te laisser seul. — Tout à l'heure, j'irai peut-être moi aussi, m'amuser avec les parents, s'ils m'invitent... » Marie a des larmes dans les yeux ; comment comprend-elle que son père et sa mère ne pratiquent pas exactement les mêmes règles que les autres? « Va! » Elle se décide ; et ce début d'après-midi est un lent supplice qui les écartèle...

— Bon Dieu, dit Fouquet, secouons-nous!

François et Monique s'étaient effectivement levés de table et avaient sollicité la permission d'aller dans le jardin, qui leur fut accordée avec un sourire unanime. Fouquet pensa que sa fille commençait à perdre trop de points dans cette histoire et qu'il fallait essayer de s'en mêler. Montant dans sa chambre pour observer les enfants, de sa fenêtre — et ça devenait une manie, imputable à la solitude, comme d'écouter aux murs — il eut la brusque révélation qu'il n'était pas tout seul puisque M. Quentin était là avec sa vieille expérience des péchés de jeunesse, sa passion éteinte, sa muraille de Chine qu'on finirait bien par lui faire franchir dans un sens ou dans l'autre.

Marie-Jo avait trouvé le temps de remettre de l'ordre où elle en avait le droit. A travers la fenêtre ouverte, la mer paraissait plus foncée sous le pâle soleil, comme si elle eût bruni. Fouquet sentit combien il s'était habitué à cette pièce et qu'il était facile de s'y enliser. Le fait qu'il n'y resterait pas toujours ajouta une tristesse superflue à la lassitude qui remontait de la nuit précédente. En dessous de lui, près du perron, François et Monique déchiffraient la plaque de marbre commémorant le décès du soldat canadien.

— Il est enterré ici?

— Penses-tu, ses parents sont venus le rechercher. Mais il y aura quand même des tas de fleurs pour la fête des morts. Moi, je ne verrai pas ça, je sors samedi; on va d'abord à Domfront et ensuite, on file sur Bagnoles-de-l'Orne. Trois jours de congé, tu te rends compte!

— Moi, je pars pour Paris tout seul par le train.

— Le même train que Marie Fouquet?

— Je ne crois pas qu'elle sorte, on dit que son père ne vit plus avec sa mère.

— Regarde la fille d'Ali-Khan et de Rita Hayworth, ça ne l'empêche pas de prendre des vacances?

— Ce n'est pas la même chose.

— Tu ne m'apprends rien.

« Et pourquoi ne serait-ce pas la même chose ? » se disait Fouquet, à cet instant, hors de lui, s'imputant toutes les frustrations qui accablaient sa fille. Même les parents du soldat canadien avaient fait revenir leur enfant pour qu'il ne passât pas la Toussaint à Tigreville. Il allait demander à M. Rogeais d'envoyer de l'argent à Gisèle, plus une lettre, postée de Paris, où Gabriel exigerait qu'elle laissât Marie prendre ce merveilleux train du samedi dont les escarbilles ne font jamais pleurer les yeux, lui expliquant que les frais de l'entreprise seraient à sa charge, que c'était une manière de cadeau qu'ils s'offraient. Bien sûr, peut-être serait-il retenu ou éloigné par son travail durant ces quelques jours ; Gisèle ne comprendrait pas grand-chose à cette épreuve de force, qu'elle estimerait un caprice, mais elle y souscrirait pour ne pas repousser le moindre gage de rapprochement fourni par ce père insaisissable.

Ayant bouclé l'espagnolette, Fouquet s'assit à sa table, prit une feuille de papier. Il y avait longtemps qu'il aurait dû commencer par là, mais le sentiment éminent de la singularité de sa situation l'avait enfermé au centre d'un système où la personne de Marie ne sortait pas, au fond, du domaine des abstractions, qui est celui des idées, non des gestes. Quand il la voyait s'élancer sur la plage, dans son chandail difforme et démodé, c'était encore une délégation de soi-même qui courait à la mer et, quand il la sentait offusquée par le sort, ce n'était pas pour elle qu'il souffrait, mais pour lui. La fibre paternelle qui sert à tricoter des chandails nouveaux, à prévenir les désirs, à deviner les secrets pour mieux les respecter, qui est abnégation et n'attend pas qu'on lui rende la monnaie, qui ne crée pas l'enfant à son image, se réduisait chez lui à la corde d'un violon qui s'émeut de son propre écho.

« Ma petite fille chérie. Je confie ce mot à un ami qui doit aller à Tigreville. Il n'aura sans doute pas le temps de passer te voir pour t'annoncer une presque bonne nouvelle : ta maman et moi nous allons essayer de te faire venir à Paris, samedi prochain, pour le congé. Écris à ta mère pour lui en exprimer le désir. Cela la renforcera dans notre projet. Elle sera sûrement d'accord : trois bonnes nuits à la maison, ça vaut tout de même la peine de faire un tel voyage! Tu as sûrement des camarades qui s'en vont par le train. Nous demanderons à la directrice de te joindre à eux. Sans trop te réjouir encore, berce ce beau rêve et ouvre ce paquet. J'ai reçu ta gentille lettre, mais je ne veux pas t'envoyer de cigarettes, c'est un truc à se faire mettre en retenue pendant les fêtes. De toute façon, les petites filles qui fument ne se marient jamais ; elles deviennent professeurs de solfège, ou pire encore. Travaille comme tu t'amuses et je t'embrasserai comme je t'aime. Ton papa, Gabriel. »

Fouquet quitta l'hôtel en évitant que son nom, prononcé par quelqu'un des Quentin, éveillât l'attention de François et de Monique qui fourgonnaient dans les voitures de leurs parents. La ville s'était vidée et il redouta de ne pas trouver de boutiques ouvertes. Derrière les grilles cadenassées du magasin *Aux Dames du Calvados*, une fillette de cire lui adressait un sourire confit dans le gel et l'absence ; elle portait une veste de lainage qui aurait pu convenir à Marie, mais il n'avait aucun moyen de faire passer ce vêtement d'une captive sur une autre. Le reste, entr'aperçu à travers des rideaux de fer, était étriqué sans même cette exubérance dans le coloris à laquelle un profane peut se laisser prendre. Il fallait retourner vers l'église. Là, comme ces gens âgés qui somnolent toute la journée, mais ne ferment pas l'œil de la nuit, les bazars en veilleuse durant la semaine ne prenaient pas la peine d'ôter le bec-de-cane le dimanche. Un homme barbu, vêtu d'une blouse grise, sans nul empressement, l'accueillit sur son seuil encombré de lingeries en piles, de flacons de toilette, d'accessoires féminins, qui donnaient l'impression qu'on se trouvait en présence de quelque Landru, soldant les affaires de ses épouses pulvérisées dans le calorifère. Il s'amadoua quand Fouquet lui eut assuré qu'il ne cherchait pas de blue-jeans.

— Fillette, dit-il, fillette... Il y a longtemps que je ne fais plus rien dans la fillette. Vous dites treize ans : forts ou faibles ?

— Plutôt faibles, mais je m'y connais mal.

— J'aurais peut-être ce qu'il vous faut. Pas dans la nouveauté naturellement.

Il disparut dans la pénombre d'où Fouquet, préparant une phrase de retraite, s'attendait à voir émerger d'exécrables caracos. Au bout d'un long moment, le barbu revint, balançant au bout d'une perche un pull-over monté sur un cintre de carton qu'il inclina devant le nez de son client comme la bannière d'une confrérie ténébreuse.

— Voilà mon rossignol, fit-il. Il a connu son temps.

Pour autant que Fouquet put en juger, il devait dater de l'autre après-guerre, mais la matière en était admirablement conservée, duveteuse encore, et la forme, satisfaisant un décret cyclique de la mode, retrouvait une surprenante actualité.

— C'est un objet de musée, dit-il.

— Oh! Je vous ferai un prix, répondit l'autre en se méprenant. Notez qu'il n'a jamais servi.

— Je l'espère bien.

— C'est toute une histoire. Puppy Schneider l'avait commandé sur mesure. Vous êtes trop jeune pour avoir connu Puppy : c'était une naine d'une grande élégance, une Allemande. Sir Walter Kroutchtein, qui l'avait vue sur la scène d'un music-hall, s'en était épris et il la trimbalait de Nice à Deauville, partout où l'on peut faire sauter la banque. Il lui avait acheté une propriété à Tigreville que vous pourriez voir encore si elle n'était pas démolie... je comprends ce que je veux dire : c'est là où il y a maintenant le golf miniature ; vous voyez que je ne vous raconte pas de bobards... Il n'y en avait que pour Puppy dans la rubrique mondaine ; une naine, pensez donc, ça pouvait occuper de la place. Et puis, un beau jour, Sir Walter a commencé de perdre au jeu et il a fallu qu'il vende tout ce qu'il possédait pour se retouver ric-rac. Il a dû balancer Puppy avec, probablement ; toujours est-il qu'elle n'a jamais demandé qu'on lui livre le chandail dont elle avait fait dessiner le modèle par les plus grands artistes de l'époque, les Nogues, les Dauzeral, les Guittonneau, si vous y entendez quelque chose... que ça vaudrait une fortune si vous le commandiez aujourd'hui à un Collot ou à un Sorokine, pour rester dans l'artisanat, perle du travail français.

— Après tout, dit Fouquet, si vous me jurez que cette personne ne l'a pas porté, le marché peut se conclure... à condition, toutefois, que vous en fassiez livraison au cours Dillon, avec ces chocolats et cette lettre, tout dans le même paquet.

— Ce n'est pas impossible ; j'enverrai quelqu'un demain matin ; je ne peux pas m'absenter comme ça.

— Comprenez-moi, il s'agit d'une petite fille qui passe son dimanche en pension, je voudrais qu'elle ait son cadeau avant ce soir.

— C'est que le cours Dillon est parti, mon pauvre monsieur, je l'ai vu monter dans le car avec Mlle Solange. Ils s'embarquaient pour la tapisserie de Bayeux, artisanat royal celui-là. Ils ne rentreront pas avant la nuit.

— Eh bien, dans ces conditions-là, j'ai tout

le temps d'y aller moi-même, dit Fouquet.

Il connaissait ce genre d'excursion, dérivatif imposé aux pensionnaires que leurs parents ne viennent pas voir, où les enfants affrontent davantage encore l'évidence de leur abandon, pour qui les monuments ne sont que de grosses pierres noires à marquer les jours de fête. Pour Marie, cette jolie promenade était doublement un exil puisqu'elle l'éloignait de ses tendres soucis. Il serra le chandail de la naine sous son bras et prit le chemin de la côte des Mouettes.

L'idée première de Fouquet avait été de confier son paquet à quelqu'un et de s'esquiver. Quand il se trouva devant la grande villa isolée dans son parc, d'un calme absolu à cette heure, qui faisait penser à un haras avec des barrières blanches et des dépendances recouvertes de chaume, il ne résista pas à l'envie de découvrir plus avant le décor où évoluait Marie. La cloche annonçant les visiteurs et les récréations fit apparaître sous la marquise qui coiffait d'une visière officielle la porte principale une sorte d'infirmière rougeaude à qui il expliqua l'objet de sa démarche.

— A la bonne heure! dit cette brave femme avec un franc accent bourguignon, je commençais à croire qu'on avait oublié cette petite Fouquet. Il est vrai que la plupart des autres enfants sont de la région, ça facilite les rapports.

— C'est pourquoi j'aurais aimé l'embrasser, dit Gabriel, mais puisqu'elle n'est pas là, puis-je

97

au moins jeter un coup d'œil sur son installation pour avoir quelque chose à raconter à ses parents, une impression d'ensemble, déjà très favorable, je vous assure.

— Je ne demande pas mieux, seulement je vous préviens que je n'appartiens pas à l'institution. Je suis simplement attachée à Mlle Dillon aînée, la fondatrice, mais j'aime tant ces petits!... Si vous voyiez Mlle Victoria, d'ailleurs, vous comprendriez... Ils mettent de l'air pur partout. Autrement, pour moi, ce serait à devenir folle.

— C'est inquiétant ce que vous me dites là!

— Il n'y a pas de quoi. Tout marche admirablement ici : la nourriture est parfaite, le climat est sain, il y a du confort qu'on ne trouve pas ailleurs... C'est juste moi... Vous ne devineriez pas ce que je fabriquais quand vous avez sonné?... Eh bien, j'étais en train de profiter de la sieste de Mademoiselle pour apprendre mon anglais! *In the valley of death rode the six hundred!* Je vais sur la soixantaine, monsieur, j'ai soigné pendant dix ans le général Marvier, le héros du bec d'Ambez, qui était atteint d'une orchite paroxystique ; j'ai fermé les yeux d'un sénateur-maire de la Côte-d'Or, mon pays ; j'ai le droit de prétendre que mon dévouement a permis à la grande Madga Colombini de remonter sur la scène... Néanmoins, jamais je n'ai payé de ma personne comme auprès de Mlle Victoria! Il n'y a que lorsqu'elle est chez Thominet que je me sens un peu tranquille. Elle y consomme pour vingt-deux mille francs par mois de pâtisserie, j'ai vu le relevé trimestriel qu'il nous envoie ; ce n'est pas trop cher payer pour ne plus entendre ces phrases où l'on n'arrête pas de se tromper, où l'on tremble de commettre un contresens dans les caprices, un solécisme dans les soins, comme dit la grammaire... Le plus triste, c'est qu'elle n'est pas mauvaise femme, très diminuée, très douce, ceux qui l'ont connue autrefois ne la reconnaissent pas. Seulement...

Tout en parlant elle avait entraîné Fouquet à travers les trois divisions, d'une douzaine d'élèves chacune, qui composaient le collège. Marie appartenait à la « moyenne ». La classe, où elle travaillait autour d'une grande table commune, ressemblait plutôt à une salle de billard; sa chambre qu'elle partageait avec cinq autres filles, ouvrait de plain-pied sur des frondaisons. Il trouva de bon augure pour le restant de la vie qu'elle fût capitaine de ce dortoir, responsable de l'ordre et de la propreté (j'espère qu'elle a pensé à le dire à sa mère). Il allait se débarrasser de son paquet sur le lit, quand la Bourguignonne l'arrêta d'un geste : ce qui venait de l'extérieur, comme tout ce qui y allait, devait d'abord passer par la censure de la directrice, contrôle bienveillant qui n'avait d'autre raison que de faire du cours Dillon une maison de verre. A cet instant, une petite voix lointaine, venue de l'autre aile du bâtiment, se mit à glapir : « *Hello Georgette... What happened ? I don't like being alone ! What happened ?...* »

— ... seulement, comme je vous disais, reprit

la Bourguignonne, il y a toujours un moment où ça recommence et où il faut y aller gaiement... Excusez-moi si je vous laisse une minute.

Fouquet profita de l'occasion pour corriger l'allusion aux cigarettes contenue dans sa lettre et s'approcha du coin de Marie. Son armoire de fer, ses tiroirs, sa mallette, étaient fermés à clef ; rien ne dépassait d'une intimité qui lui eût permis de dire : c'est ici qu'elle vit, où il eût aimé se vautrer un peu. L'émotion qui se dégageait de ces six couchettes alignées était plus subtile, elle exigeait cet effort d'évocation qu'on mobilise sur les tombeaux ; l'âme était enfouie sous un paquetage plié au carré, et cependant, elle était là.

Une main lui toucha l'épaule : « Venez, dit la Bourguignonne, elle veut vous voir. » Et dans le couloir : « Prenez garde, elle comprend encore le Français. »

Cette vieille-là était bien vieille, inexorablement. Elle avait brouillé toutes les pistes. C'est en vain que Fouquet essaya d'imaginer la jeune amazone qui avait monté en concours hippique, disait-on. Le visage était celui d'une squaw, née centenaire, avec d'énormes mains desséchées qui étreignaient une couverture écossaise disposée en pèlerine. Sur une tablette arrimée à son fauteuil roulant, un bric-à-brac de fioles et d'ordonnances, un sac de bonbons, un crucifix, un jeu de cartes, tous objets de première urgence, témoignaient que, malgré les sonnettes et les glapissements, Victoria Dillon n'attendait rien de personne et dérivait farouchement sur son radeau.

— *Take a sweet*, fit-elle en tendant des caramels à Fouquet. *Are you the father of Mary Fauckett ?*

La Bourguignonne regarda le jeune homme pour voir s'il avait compris.

— Non, mademoiselle, intervint-elle en français, je vous ai déjà dit que monsieur était un ami de la famille.

La malade rengaina prestement les caramels.

— *Looking out of my window. I saw you coming out of the church this morning*, insista-t-elle, *and a bit everywhere these last few days.*

— Elle dit qu'elle vous a vu à la sortie de la messe, et un peu partout, tous ces jours-ci à travers sa fenêtre.

— Elle doit confondre.

— *You can speak directly to me.*

— Vous pouvez parler directement à Mademoiselle, dit la Bourguignonne.

— Je suis chargé par les parents de Marie de lui remettre ce paquet. Voici d'ailleurs une lettre pour l'enfant qui accrédite ma visite.

Victoria Dillon tendit un bras impérieux vers l'enveloppe, l'ouvrit lentement d'un air parfaitement détaché et brusquement envoya promener le tout.

— Georgette! *We have to go the chemist, immediatly...*

— Elle dit qu'il faut que nous allions tout de suite à la pharmacie.

— La pharmacie? dit Fouquet. Elle se trouve mal?

— Non, dit la garde-malade, mais elle a très mauvaise vue et comme elle ne peut pratiquement pas déchiffrer les écritures, elle va se faire lire son courrier chez le pharmacien. Ça réussit tellement bien avec les médecins!

— Cette lettre peut attendre, fit remarquer Fouquet; elle est d'ailleurs destinée à Marie, dont la correspondance n'a aucune raison de se promener chez les apothicaires.

S'ensuivit une conversation abracadabrante, où Fouquet perdit pied plusieurs fois, la Bourguignonne l'entraînant à contresens, et où il lui semblait lancer contre un mur qui les sollicitait des balles que celui-ci renvoyait dans l'angle opposé. Il en ressortait que le divorce était une calamité, mais qu'on n'avait quand même pas eu à se plaindre du temps, l'été dernier. Fouquet, ulcéré, rompit rapidement.

— Je vous avais prévenu, dit la Bourguignonne, en le raccompagnant.

— Mais enfin, est-elle Anglaise ou quoi?

— Pas du tout; enfin, peut-être un peu par sa grand-mère Hammerless, mais elle est surtout âgée et capricieuse. On s'en est aperçu trop tard.

Adolescente choyée à la fin de l'autre siècle, Victoria Dillon avait bénéficié de tous les privilèges d'une jeune fille de la bourgeoisie aisée. Une famille anglomane l'avait envoyée très tôt en Angleterre, multipliant autour d'elle les « miss » d'abord, les gentlemen ensuite. Peine perdue : la jeune Victoria s'était toujours refusée à prononcer un seul mot d'anglais, répudiant l'un après l'autre les Oxonians et les Cantabs attirés par la grâce austère qui émanait d'elle, sans qu'on pût décider s'il s'agissait d'un entêtement enfantin, d'un vain nationalisme ou d'un nœud de coquetterie. On avait fini par admettre que c'était là ses plates-bandes personnelles où nul ne se hasardait plus à bêcher depuis belle lurette. Or, un beau jour, la sénilité avait exigé la présence auprès d'elle d'une dame de compagnie. C'était encore sous la tutelle d'une nurse que Victoria devait achever sa vie, une miss en blouse blanche qui partagerait ses moindres instants avec une autorité prévenante, mais cette fois, on l'avait choisie Bourguignonne et nantie d'une solide réputation.

— Alors, vous ne savez pas ce qui lui est passé par la tête ? Elle s'est mise à parler en anglais, rien qu'en anglais et, progressivement, à tout le monde la même chose. Si bien que j'ai été obligée de m'y mettre à mon tour pour pouvoir la soigner. C'est que ça ne s'apprend pas en cinq minutes, ce sacré patois ! J'ai beau penser que ça me servira dans une autre place, c'est trop de malice de la part d'une personne aussi bien élevée, vous ne trouvez pas ?

Malice était vite dit ; il fallait compter également avec la nostalgie des vertes années, réveillée par cette ultime gouvernante, le regret des occasions perdues, la frénésie de dilapider, avant la fermeture, le long et mystérieux capital thésaurisé durant toute une existence.

Sortant du cours Dillon, Fouquet ne se sent pas pressé de regagner le Stella. Il continue de monter vers le plateau pour ne pas perdre le contact avec les arbres, dont il a longtemps ignoré les avances, hêtres musclés, gros chênes qui ont connu Hammerless et Marie et lui donnent une bourrade d'éternité. Sur la gauche, les allées Persigny raccordent la campagne au parc municipal. C'est une futaie bien tempérée avec des massifs découpés en rosaces, d'étroits couloirs de verdure, où les amoureux se carambolent le soir, comme les billes éperdues d'un appareil à sous. Le jour ne parvient pas à lui rendre toute son innocence ; les passants, plus ralentis qu'ailleurs, ont l'air de reconnaître les lieux. Fouquet s'assoit sur un banc. Il pourrait se croire n'importe où si la mer, par-dessus les toits vibrants, n'était déjà inscrite dans le ciel.

Avant qu'il ait pu rectifier ses dispositions intérieures, il a reconnu les sandales d'argent. Elles débouchent droit sur lui, le cueillent par surprise. Il ne songe pas à détourner les yeux ; c'est l'une des deux jeunes filles qui ressurgit de la matinée, ainsi qu'une plongeuse, et l'on s'étonne de la retrouver semblable dans ses moindres détails ; celle-ci n'est pas la plus jolie. Elle n'est même pas jolie du tout, amusante seulement, comme il le constate lorsqu'elle passe devant lui, accélérant soudain le pas, avec un regard oblique, presque un sourire. Mais les mécanismes de l'alerte n'en remuent pas moins le sang de Fouquet. Une fois de plus, il se recompose. L'instinct ronronne.

Comme la baleine, la beauté de village possède son poisson-pilote, vif laideron collé à sa personne qui la guide dans les aventures. Exubérant, il fait valoir la discrétion ; espiègle, la retenue ; entreprenant, l'indifférence. On pourrait appeler ce fretin une confidente, mais on parle moins qu'on ne se déplace ; il agit surtout par sa présence : à la fois chaperon et radar, il protège et il prévient. L'instinct de Fouquet n'ignore pas que lorsqu'il frétille quelque part, la belle pièce n'est jamais loin.

Cinq minutes ne sont pas écoulées que la jeune fille réapparaît, remorquant celle dont elle est la compagne. Le cœur de Fouquet bat de plus belle. La bête est somptueuse. Jamais il ne l'a approchée d'aussi près. Son assurance glacée dans le port et le masque, laissant à peine filtrer une tendresse possible dans les moments où elle se tourne vers son amie, est de la meilleure qualité. Brève méditation sur la race, la classe, comme on dit en langage sportif, cependant qu'elles accomplissent le tour d'un bassin. Tant qu'il ne bouge pas de son banc, Fouquet sait qu'il a la bonne place : ce sont elles, étant venues le chercher, qui se compromettent. Elles repassent devant lui, sans lui prêter un soupçon d'attention, ni que rien palpite dans leur maintien ou bouscule leur entretien, et s'éloignent vers les allées. Fouquet les laisse volon-

tairement prendre du champ, estimant toutefois
qu'elles auraient dû se retourner avant de disparaître. La prise n'est pas encore assurée. Désormais, il n'y a plus une minute à perdre. Il ne
faut pas songer à leur emboîter le pas tout bêtement,
il s'agit de recouper leur route beaucoup plus loin,
comme par hasard. Il a suffisamment le plan de
Tigreville dans l'œil pour évaluer que sa chance
se situe au carrefour de la rue Grainetière et de
la rue des Bains. L'exaltation avec laquelle il
se lance aux trousses de ces deux gamines l'amuse
et le navre à la fois ; la condition de père de famille n'excuse pas tout.

A peine est-il parvenu à l'endroit de son affût
qu'il distingue les sandales d'argent en amont.
Il se poste devant une boîte à lettres et feint de
s'absorber dans les horaires des levées, tenant
en évidence l'enveloppe d'O'Neill, irréprochable.
Confiant dans son piège, il ne doit pas se trahir
par le moindre sourcillement. Dans une ville
comme Paris, où il est impossible de s'annexer le
paysage, de composer avec la topographie, de pré-
voir une stratégie à partir d'accidents de terrain
essentiellement mouvants, le moment serait arrivé
de parler ; ici, il suffit de paraître à point nommé,
les déplacements sont assez éloquents, les embus-
cades en disent plus long qu'un rendez-vous à
celui qui les tend, à celui qui y tombe.

Cette fois, Fouquet a senti dans son dos qu'on
le regardait longuement. Elles sont déjà à quelques mètres de là, hésitant au croisement, de crainte
d'égarer celui qui les pourchasse. Il peut se donner

l'air d'improviser librement son chemin : en fait, il suit celui qu'elles lui imposent ; plus tard, son ambition sera d'être poursuivi à son tour, ainsi l'exige ce marivaudage ambulatoire. Rassurées, elles s'engagent dans la rue Fiduciaire qui rejoint le boulevard Aristide-Chany à la hauteur du casino.

Elles longent un moment la digue-promenade, puis descendent sur la plage après avoir retiré leurs chaussures et s'en vont bras dessus, bras dessous, parallèlement à la mer, cibles offertes et pourtant prévenues contre toute surprise par leur isolement même — c'est de bonne guerre. Un indigène, un coquin grossier, les imiterait platement sans se rendre compte qu'elles peuvent décider de faire demi-tour, le croiser, l'obliger à continuer à perte de vue ou à se démasquer. Fouquet ne veut pas s'aventurer en rase campagne, risquer de se retrouver avec ces filles dans ce désert de sable. A la tactique de mouvement, il substitue une tactique de position, s'installant à la terrasse du « Rayon Vert », petit bar entrouvert dans la façade du casino, comme si cette longue marche n'avait eu d'autre but que de contempler le large en buvant un verre. Jusqu'ici il a été parfait, laissant tout voir de son jeu, sans que rien puisse être retenu comme un aveu ; il a seulement provoqué des coïncidences. Il ne se sent que trop bien doué pour ces manœuvres réduites à l'esquisse et à l'esquive, où les intentions épuisent toute l'action, où il n'est de vérité que dans l'interprétation des événements. De sa place, il commande la plage et pourra les voir revenir, scrutant l'espace, presque inquiètes. Du moins rien ne l'empêchera-t-il de le supposer.

Le barman, qui est probablement le patron, parle lui aussi de la pluie et du beau temps.

— Ne vous laissez pas décourager, lui dit-il, il y a des années où nous avons des week-ends jusqu'en novembre. C'est la tempête de ces derniers jours qui les aura arrêtés ; le commerce pâtit ; pour nous, le temps, c'est vraiment de l'argent. Ma femme s'occupe en été du village de toiles. Vous ne pouvez imaginer combien tous ces touristes anglais assassinés dans leurs roulottes individuelles nous ont fait du bien...

Fouquet a demandé du whisky, obligé par le piètre décor où des bouées de sauvetage évoquent moins l'escale que le secours aux noyés. Cette boisson de chasseur le stimule ; il l'avale d'une traite car, déjà, les filles sont sur le retour. Il faut qu'il se soit mis en route avant qu'elles aient repris pied sur la digue ; alors, trois éventualités d'itinéraires s'offriront à elles, il aura emprunté l'un d'entre eux, le choix leur appartiendra de continuer le jeu ou de le rompre. Une bête bien dominée devrait suivre sans difficulté. Fouquet, qui a pris par la rue Hammerless-Dillon, invente une nouvelle façon de marcher, rapide, mais qui ne progresse pas, indifférente, mais chargée de fluides, figure entraînante du ballet rural qu'il essaye d'enchaîner. Devant le bureau de tabac, qui peut lui servir de caisson de retraite, il essaiera de savoir si elles ont mordu. Elles mordent. Il n'a plus qu'à remonter à son gré jusqu'à la place du 25-Juillet, jouissant de sentir au bout de sa ligne ces captives qui épousent désormais étroitement son sillage. L'embarras ne viendra que peu à peu.

Devant le Stella, Fouquet tente une opération de grande envergure : il les laisse se rapprocher, puis il pénètre dans l'hôtel. Ainsi pourront-elles le situer dans l'avenir, rôder dans les parages si l'esprit leur en dit. L'absence de Quentin à la réception lui permet de bondir en coup de vent dans sa chambre, claquer la porte, ouvrir la fenêtre : c'est donner son adresse. L'ont-elles remarqué ? Elles plaisantent avec le gendarme, pour gagner du temps sans doute ou camoufler leur désarroi. Fouquet peut-il envisager de ressortir aussi vite ? Et pour quoi faire dans le fond ?... Le temps qu'il redescende, elles se sont éclipsées ; le gendarme a recroisé ses bras de sémaphore ; il semble qu'il ne se soit rien passé ; il ne s'est rien passé ; la vie est calme ; Fouquet éprouve d'abord un soulagement, comme à l'atterrissage, lorsque le moteur de l'avion s'arrête de tourner. Son cœur s'est tu.

« Clausewitz a néanmoins gagné cette bataille de rues », se disait Fouquet qui arpentait Tigreville dans le soir tombant, fouillant du regard chaque perspective, sans passion aucune, plutôt par bonne conscience et avec l'intérêt refroidi d'un fantassin chargé de « nettoyer » un quartier. Tout valait mieux que de se retrouver seul à l'hôtel ou pire encore : d'assister à la soirée des garagistes de Domfront. Les globes électriques s'étaient allumés, appelant sur les trottoirs de petits groupes d'individus, pressés d'avaler une dernière gorgée d'air en société. Fouquet remontait de l'un à l'autre, trompé sur les silhouettes et les couleurs par des effets de lumière. Quelques magasins d'alimentation avaient rouvert. Il faillit ne pas voir les deux filles qui sortaient de la boulangerie avec de gros pains sous le bras, même la plus jolie, qui y perdait un peu de prestige, mais gagnait en humanité. Il ne fut pas sans constater combien leur allure était différente, loyale et brouillonne, quand elles ne se savaient pas observées, et il ne douta plus qu'il eût été remarqué durant toute la journée. Aux abords du marché, elles furent arrêtées par quelques jeunes gens de leur âge et de leur condition, joueurs de football vraisemblablement, vêtus avec beaucoup d'intention. Dans ces provinces sommeillantes, c'est par la jeunesse que la mode s'introduit ; l'enfance, semblable à elle-même sous tous les cieux, les rattache au monde. Les filles se mêlèrent aux sportifs sans contrainte et Fouquet s'en trouva piqué.

Ayant commis l'imprudence de se découvrir en poursuivant sur sa lancée, il fut obligé de les frôler pour n'avoir pas l'air de les éviter. A l'abri des garçons, ces yeux qu'il n'avait pu réussir à croiser jusqu'ici le dévisageaient maintenant carrément, lâchement, narquoisement. Pour se donner une contenance, il n'eut d'autre ressource que de se replier sur le bistrot d'Esnault, réflexe panique qu'il regretta aussitôt. Sans doute y serait-il retourné une fois ou l'autre pour se prouver qu'il était un homme, ce qui n'était peut-être pas la bonne manière selon que l'on considérait la question sous l'angle de la timidité ou sous celui du caractère, mais de toute façon il eût préféré qu'un peu de temps épongeât le souvenir.

Il glissait le long de la devanture quand il aperçut Quentin. Debout contre le comptoir, il parlait avec Esnault qu'il dominait de tout son poids, les mains écrasées sur le zinc où elles délimitaient un grand espace vide. Il n'y avait pas de verre devant les deux hommes, rien qu'une serpillière jetée entre eux comme un défi. La salle, sous des dehors absorbés, essayait de capter les propos qui s'échangeaient à voix penchées, joute où s'opposaient le sang-froid et la ruse. Sans trop savoir pourquoi, Fouquet eut l'intuition qu'il était préférable de ne pas rentrer et, pris entre deux feux, s'enfonça dans une ruelle plus sombre. Si les filles le regardaient encore, elles devaient comprendre que son indifférence à leur endroit n'était plus affectée.

Ne sachant où aller, il se reprit à faire machinalement une partie du trajet de l'après-midi, étranger soudain à cette ville où il croyait avoir fixé des jalons, échappé du filet des habitudes où il s'était si bien laissé envelopper. Sa présence à Tigreville n'avait aucun sens en dehors d'une vie disciplinée ; elle ne se justifiait que par une lente convalescence dans l'ombre de la petite Marie, qu'il devait pousser le plus loin possible.

Il était arrivé en vue de l'église, où souvent s'élevaient des murmures d'harmonium tandis que des formes s'infiltraient par-derrière, les bras jonchés de fleurs, et que certains vitraux s'enflammaient. Ce soir-là, les portes étaient fermées, la place silencieuse, et il en eut de la déception. Seul, le bazar de Landru était encore faiblement éclairé. Dans le contre-jour, il l'apercevait parmi ses mannequins de carton pendus au plafond dans leurs robes de toile, occupé à quel sinistre recensement, où la naine, que le chandail lui avait remise en mémoire, avait probablement sa place. Hésitant à se faire voir, il enfila la rue aux Moules dans la direction du Stella.

Quentin n'était pas rentré. M\ème Quentin, qu'il croisa dans le vestibule, lui demanda s'il n'avait pas rencontré son mari, en ville. Fouquet répondit évasivement. Il ne se sentait pas tout à fait tranquille lui non plus et, la curiosité aidant, sous un prétexte d'étourderie, il ressortit immédiatement pour tâcher de deviner où en était la conversation chez Esnault.

Quentin n'était plus là. Une atmosphère détendue régnait autour des panneaux où étaient affichés les résultats des Francs-Tireurs Tigervillois. Le champ était libre. Fouquet le ressentit si fortement qu'il ne put se retenir de pousser la porte. Une sorte d'étonnement un peu contrarié se peignit sur le visage d'Esnault. Il traversa la salle où deux consommateurs le saluèrent d'un signe de tête, qui n'éveilla nul écho en lui.

— Eh bien, mon vieux, tu tenais une tuberculose carabinée hier soir..., ça va mieux?

On le tutoyait donc ; parfait! Après un mouvement de recul, il se dit qu'au fond, il y avait
longtemps que ça ne lui était pas arrivé et que
ça faisait du bien. Peut-être avait-il tort de gros-
sir démesurément « cette chose » qui s'était pro-
duite la veille. A travers les glaces, il revoyait
les amoureux commencer leur manège, auxquels
s'étaient jointes sans doute les deux filles du
Chemin Grattepain, mais il se sentait hors du
coup, du côté où l'on mûrit chaleureusement les
grands problèmes et où l'on va par son sentier
propre jusqu'au fond des choses.

— Qu'est-ce que je te sers?... Un picon-bière
comme cette nuit?

Un rire provocant soulignait l'offre. Fouquet
réprima un frisson, mais releva le défi :

— Du même, comme toujours! répondit-il, un
picon-bière...

— Tu vas te rendre malade, dit sournoisement Esnault en ouvrant les bouteilles, et c'est
encore moi qui vais me faire gronder.

L'ennuyeux, c'est que Fouquet ne savait pas
s'il devait tutoyer.

— J'ai reçu la visite de Quentin, ajouta Esnault comme s'il n'y attachait aucune importance. A ce que je vois, tu n'as pas encore gagné
ton pari...

— Mon pari?

— Tu as juré que tu parviendrais à lui refaire
boire le coup avec toi. Tu disais :

« Les gros fauves de cette espèce-là sont ju-

113

gés du premier coup d'œil ; je les châtie d'abord
au martini-gin ; ensuite, je les fais venir sur l'é-
toffe en liant cinq ou six passes de je ne sais plus
quoi au mandarin-cu et, tout de suite, une esto-
cade entière au calvados... » Alors ?

— C'est vrai, dit un individu, j'étais là...

Il était là celui-là, avec son sourire crénelé
par les chicots. Et la grosse Simone aussi, qui
roulait des yeux mouillés de milliardaire américaine à qui Dominguin vient de dédier son
prochain taureau.

— De plus forts s'y sont cassé les dents, souligna
le tondeur de pelouse que Fouquet avait aperçu
le matin dans le Chemin Grattepain, et qui était
peut-être le père des deux filles.

Fouquet flaira la méchante passion où commençait de s'exalter la fermentation collective. On
l'attendait au huitième travail d'Hercule, à la
corrida champêtre avec matador venu de l'extérieur, à l'affiche : Thésée contre Minotaure. Ce
bourg pourrissant manquait de distractions. « Je
suis un salaud », pensa-t-il. Et pourtant, d'où
venait qu'il ne repoussât pas entièrement la gageure et qu'il sentît obscurément que sa perversité
jouait un rôle nécessaire dans la fatalité de Quentin ?

— Qu'est-ce qu'il est venu vous dire ?

— Que tu avais été souffrant.

— Ça n'est pas vrai.

— Si, si... Qu'il était responsable de toi...
C'est même étonnant, parce que ce n'est pas son
genre de s'occuper des gens. Là, tu peux dire
que tu as un copain.

« De quoi se mêle-t-il ? grondait Fouquet, j'ai trente-cinq ans, je suis un homme, je suis libre. » Quentin tombait dans la même erreur que les autres : il constatait Gabriel comme un ivrogne. Si ce fait devenait admis, c'en était fini, les dernières défenses tombaient. Claire, dans sa sévérité même, acceptait en quelque sorte le penchant de Fouquet, lui donnant un point d'appui, du répondant, le droit de cité ; ce qu'il aurait fallu, c'était le nier. En heurtant une censure chez Quentin, il se sentait redevenir un fraudeur.

— Un autre picon, s'il vous plaît.

— Attention, rigola Esnault, on vient te chercher.

Se tournant d'un bloc, Fouquet eut le temps de voir passer dans une lente dérive la figure de Quentin, épais fantôme venant buter aux parois d'un aquarium.

— Il n'a pas eu le culot d'entrer, dit-il sans gaieté, presque à regret.

Car il avait lu dans le regard de ce juge une détresse suppliante, non pas envieuse, mais plutôt semblable à celle qu'il avait rencontrée dans les yeux de Marie, un jour sur les rochers, quand elle devinait que François et Monique fumaient dans le blockhaus et qu'elle se sentait exclue de leur complicité. Cette jalousie discrète, réfléchie dans un tel miroir, le troubla.

— Il ne demanderait peut-être pas mieux que d'être avec nous, dit-il.

— Ça se saurait, fit Esnault. Cet homme-là, c'est un orgueilleux. Il s'est retranché de la com-

munauté : bonsoir! Je comprends qu'on n'aille
pas au bistrot, enfin je comprends : j'admets.
Ceux qui n'ont pas besoin de s'informer de leur
prochain et de se serrer les coudes sont plutôt
à plaindre. Mais qu'on quitte le banquet, ça je ne
pardonne pas... Allez, on te garde avec nous pour
manger quelques petits oiseaux que notre ami
Tourette a ramenés de la chasse ; ils peuvent
se rôtir du jour même.

Ce Tourette, un opulent gaillard au visage de
porcelaine hérissé d'une étonnante moustache,
était réconfortant. Fouquet se laissa convaincre,
songeant que Quentin avait tort d'élever une
barrière entre soi et le canton le plus charnu de
l'existence. De quoi se plaignait-il, puisqu'on
continuait de l'inviter à participer et qu'il refusait délibérément! Malgré son peu d'appétit,
Fouquet mangea beaucoup, la plupart du temps
avec ses doigts, et but davantage encore, trans-
figuré par la ripaille.

Très tard, il eut des scrupules, la mauvaise
conscience diffuse que Quentin — et c'était in-
croyable, non? — devait s'inquiéter. Il prit congé
avec amertume et regagna le Stella, en se répé-
tant tout le long du chemin qu'il était redevenu une sorte de citoyen d'honneur de Tigreville.

Au rez-de-chaussée de l'hôtel, la lumière était
encore allumée dans le petit bureau de la réception. Traversant le jardin, il vit Quentin à travers
la fenêtre, penché sur ses grands livres, comme
Gisèle jadis, comme Claire naguère... et l'image

lui en fut intolérable. Il faudrait recourir à une explication.

Lorsqu'il repoussa la porte derrière lui, Quentin se leva, referma ostensiblement ses registres pour marquer qu'il l'avait attendu et lui dit :

— J'ai réservé une très vieille bouteille de cognac. Acceptez-vous un petit verre ?

CHAPITRE IV

Fatigué de se pencher sur le dictionnaire en dix-sept volumes, ouvert à la rubrique Madrid, corné à la rubrique taureau, Quentin regardait d'un œil vague le démarcheur qui plaçait les produits manufacturés par les moines de l'abbaye de Saint-Wandrille. C'était un jeune homme décoré, coiffé d'un béret basque, un ancien combattant déjà ; mais il tournait avec une jubilation enfantine autour de la voiture où il empilait ses échantillons, un engin de forme américaine, et il se déclarait volontiers *public-relations*. Cette corporation des voyageurs n'est plus ce qu'elle était, au temps où les baladins du commerce débarquaient par le train en migration saisonnière, installaient leur camp volant à l'hôtel jusqu'à ce qu'ils aient écumé la région et feuilletonnaient à la veillée l'atlas de leurs vies errantes, dont les épisodes se recoupaient parfois, quadrille jovial qui avait la France pour tréteau. Leur faconde était celle des vieux journalistes qui ont butiné le monde et tout le plaisir des jours était dans leurs soirées. Certains couchaient jusqu'à quatre par chambre, l'encaustique avec la

papeterie, les machines agricoles avec les brace-
lets-montres, pour pouvoir braconner leurs souvenirs plus avant dans la nuit ; Quentin les enviait
secrètement et leur concédait des tarifs de faveur.
L'automobile avait tué la table d'hôte. Les nouvelles générations passaient en coup de vent, ne
se ralliaient à rien, se dispersaient au gré de la route.
La plupart trouvaient le moyen de rentrer chez
soi à la fin de la semaine et la « chambre des représentants » demeurait vide le plus souvent. Ils
n'avaient pour eux que la fréquence et la régularité,
qui les faisaient apparaître et disparaître à dates
fixes, comme les personnages du Jaquemart, mais
la fantaisie en était exclue. L'homme de Saint-
Wandrille pointait le dernier mercredi du mois.

Suzanne s'était crue obligée d'aller chez le coiffeur, Minerve casquée sur ses bigoudis, et, dans
quelques instants, elle profiterait de l'obscurité
pour revenir en rasant les murs, une main sur la
tête, l'autre devant sa bouche pour s'excuser.
Les petites bonnes qui vaquaient entre l'office
et la lingerie souriaient chaque fois que les yeux de
Quentin se posaient sur elles : Fouquet, qu'elles
avaient affublé d'un tablier, était en train de mettre la cuisine sens dessus dessous. Quand la voiture du voyageur de commerce eut disparu, déchirant une mousseline de pluie, Quentin se dirigea
sans hâte vers la porte à deux battants percés de
hublots, d'où l'on commandait les fourneaux et les
tranchoirs.

Fouquet, devant la grande table de bois taillae-
dée par le coutelas de la cuisinière, patinée par les

sauces et les jus, s'appliquait à dénoyauter des olives. Autour de lui, sur de nombreuses assiettes ou plats, s'étalaient diverses denrées entre lesquelles il distinguait ses bases et ses ingrédients. Il avait exigé de faire les achats lui-même, prétendant que la connaissance des beurres était aussi indispensable à la confection des paupiettes que la science des feux. La vieille Jeanne, d'abord boudeuse, suivait maintenant avec intérêt cette cuisine dispendieuse où l'on tartinait de la mousse de foie d'oie sur des escalopes de veau.

« Paupiettes riches qui sentent trop l'exhibition, pensa Quentin, paupiettes d'amateur. L'enfant est prodigue, plutôt m'as-tu-vu, peu sûr de soi au fond : il double sa tranche de Bayonne, il a tort, il aura du mal à effectuer son rouler-ficeler... Les truffes sont inutiles, il brûle ses diamants ; c'est sympathique, mais c'est idiot... Les quartiers d'orange témoignent d'une nature encline au paradoxe avec tendance à la provocation... Mais le meilleur de tout, c'est qu'il se prend à son jeu ; les gestes sont décomposés dans l'aisance ; il s'exprime avec des bonheurs de détail et même certains procédés élémentaires qui ne tiennent pas à l'improvisation... »

Fouquet, à cet instant, éminçait des champignons de Paris dans de l'eau vinaigrée.

« Bien ! souligna Quentin. Si on lui sciait un peu le caractère qui le porte aux épices faciles, on pourrait lui reconnaître un tempérament de saucier. J'aimerais le mettre sur une daube, si nous avions le temps. »

Il pénétra dans la cuisine, donna toute la lumière, réfléchie par la portée des casseroles de cuivre.

— Vous allez vous crever les yeux, dit-il.

Fouquet l'accueillit gaiement d'un petit mouvement de la main et s'affaira de plus belle :

— La paupiette est un art du clair-obscur, répondit-il, foncée à l'extérieur, nacrée en dedans ; en inondant mon champ opératoire, vous risquez de me priver du sens des nuances et des liaisons moelleuses... Comme je vous l'avais laissé entendre : je pars de l'olive, la noire et la verte enchâssées l'une dans l'autre. Je les enroule dans mon escalope tapissée de jambon et de mousse de foie ; je vais saisir à flamme dure dans mon beurre coloré aux oignons et aux petits lardons ; je couvrirai ensuite à feu doux afin d'ajouter des émincés de Paris, ces quelques truffes, le reste des olives...

— Et les quartiers d'orange ? demanda Quentin.

— Là, je suis davantage embarrassé. C'est surtout pour vous que je les ai introduits, pour faire chinois, non ? J'ai l'intuition que j'en trouverai raison au moment de déglacer. A ce propos, pourrais-je vous prier de me céder un fond de verre de cette fine merveilleuse que vous m'avez donnée à goûter l'autre soir ?

— Ça, dit Quentin dont le visage se ferma, il faudra attendre que ma femme soit rentrée. C'est elle qui détient les clefs du sanctuaire.

Et il tourna les talons à regret. Il aurait aimé partager plus longuement les prémices de cette popote qu'ils avaient décidée et ce fumet d'aventure qui colore les entreprises des hommes quand ils s'exercent à des ouvrages de femmes. La marine, en lui enseignant le blanchissage et la couture, l'avait comblé à cet égard. Il s'était même demandé, jadis, si un peu du pédéraste ne sommeillait pas quelque part en lui ; un flot d'alcool avait noyé la réponse. Mais il possédait certainement une vocation pour l'existence collégiale qui ne s'était jamais accomplie dans les compagnies où il avait fréquenté à Tigreville. Le comportement de Fouquet, depuis son arrivée, était celui d'un bleu et le désignait à la sollicitude d'un ancien, quel que fût le respect de celui-ci pour la liberté d'autrui.

« Il n'empêche que, dimanche, je me suis surtout conduit comme un vrai amoureux, se répétat-il en gagnant son bureau. Monter chez Esnault, passe encore ; ces salauds-là s'acharnent assez contre moi, ils n'ont cessé d'attendre l'instant où je succomberais et me considèrent comme un châtré ; ils ne peuvent pas comprendre, ils ne sauront jamais, c'est dans l'ordre, je paie le prix fixé ; et il n'est pas mauvais que j'aille un peu en ville pour leur montrer que je suis toujours là, même sobre. Ils auront mis cette démarche au compte de la jalousie professionnelle, rivalité de putains qui se disputent un client de choix sur le trottoir : " Ne me détourne pas mon mineur ! " Mais ce qui demeure inexplicable, c'est l'autre jalousie, la seule, ce malaise des grandes profondeurs que j'ai ressenti quand je l'ai vu attablé avec ces gars du pays et que je me suis dit : il ne pense même pas à moi ; c'est comme si je n'existais pas. Et de ne plus habiter du tout dans l'esprit de ce garçon, moi si près de lui, cela m'a fait quelque chose. Quand il est rentré ici, je lui ai proposé du cognac, voilà jusqu'où je suis allé, pour qu'il n'aille plus toujours boire ailleurs. J'avais emprunté le trousseau de Suzanne, couru ce risque d'être surpris en train de chiper des confitures, à mon âge! Je sais qu'il n'est pas drôle de boire seul et qu'il retournera chez Esnault. Mais enfin, là, je l'ai épaté ; il a marqué un temps d'arrêt qui lui a sans doute épargné de s'engager dans ces « neuvaines » que je connais trop bien, où l'on rebondit d'une ivresse dans une autre ; j'ai organisé le danger. A un moment, j'ai cru qu'il avait à me parler ; il s'est ravisé ; il m'a simplement raconté son dîner de chasseurs, sans aucune gêne — et pourquoi se serait-il gêné? — même, il m'a semblé qu'il en rajoutait, mais cela m'était indifférent puisqu'il me le disait... »

Ce soir-là, Quentin et Fouquet, se livrant un assaut de pudeur, n'avaient en effet échangé que des propos de gastronomie. Le jeune homme, exalté par sa soirée, s'était offert à donner sa mesure dans la paupiette de veau, sa spécialité, à l'entendre. Quentin l'avait pris au mot, estimant que ce dérivatif était un moindre mal. Et maintenant ce mets, qu'ils allaient partager avec Suzanne, se trouvait bourré de sous-entendus et de confidences avortées.

Quentin referma ses dictionnaires ; il n'y avait rien trouvé qui pût justifier l'engouement de Fouquet pour l'Espagne, ce délire envahissant dont il avait été le témoin. Évidemment, certains noms chantaient, mais il aurait fallu des planches en couleurs et la course de taureaux lui paraissait un fait divers dans la boucherie, quand on la dépouillait des flonflons de *Carmen*. Bêtement, banderille lui fit penser à bigoudi et bigoudi à Suzanne. Si les banderilles étaient ces dards enrubannés de papillotes dont le lexique disait qu'on les plante dans le cuir du fauve pour souligner ses défauts à la charge, Suzanne précisément lui en avait posé une fameuse paire, pas plus tard que la veille. Il en sentait encore la blessure crochetée à vif du côté de sa nuque et se retournait avec fureur contre ce méchant souvenir dont il n'arrivait pas à se débarrasser.

Suzanne n'a d'autre religion que celle des situations nettes ; elle n'est pas croyante ; ses parents, éloignés de l'église par leur isolement dans l'intérieur des terres, détournés du culte par de traditionnelles superstitions bocagères, ne lui ont pas appris à se référer aux instances suprêmes dont les autres êtres appellent l'arbitrage incertain sur leurs conflits. Naturellement douce, longtemps hésitante, elle instruit les causes et les juge elle-même selon le code qu'elle s'est donné à force de vivre, où le bien et le mal sont des critères domestiques comme le chaud et le froid. Cette innocence ne laisse rien dans l'ombre. Quentin dressait l'inventaire de sa cave, quand elle s'était approchée, non pas cet inventaire à la chandelle qu'il accomplissait autrefois parmi les lingots noirs ou mordorés dont l'empire lui donnait le sentiment de détenir un peu du sérum de la terre, mais une nomenclature d'octobre, après vendanges, qui tenait dans un cahier d'écolier ; ainsi de ces généraux à la retraite qui font encore manœuvrer des corps d'armée en changeant les fiches d'un classeur : les Beychevelle étaient décimés ; les Pomerol exigeaient du renfort ; il faudrait rappeler les Haut-Brion 1945, mobiliser les Chambertin classe 57, si jeunes encore... Suzanne penchait vers lui son visage que les époques tumultueuses n'ont pas outragé et elle avait dit :

— Albert, es-tu sûr de ne pas me cacher quelque chose?

Cette agression feutrée ouvrait sous eux un gouffre d'une dizaine d'années.

— Je ne pourrais te cacher que quelque chose que tu chercherais à savoir, répondit-il, en levant sur elle son œil le plus lourd.

Suzanne venait de commettre son premier faux pas, laissant deviner, sous la confiance absolue qu'il lui prêtait, dix années d'inquiétude attentive et de soupçon.

— Je n'ai jamais douté de toi, fit-elle, je te sais trop solide, trop droit, trop fier aussi. Pourquoi ne m'avoir pas dit que tu étais allé chez Esnault? Tu n'y mettais plus les pieds, qu'est-ce qui t'a poussé?

Et voilà! Quentin se sentait mis en bouteille à son tour, flacon trapu que cette personne pâle s'arrogeait le droit de venir mirer à la lueur de sa claire conscience.

— La colère m'a conduit, pas la soif, rassure-toi.

— Je n'ai pas peur.

— Tu as tort. « Allez à la messe et vous croirez », comme disait l'autre. Allez au bistrot et vous boirez... c'est fatal.

— M. Fouquet boit chez Esnault, dit-elle, je le sais.

— C'est exactement ce que je viens de te dire.

— Comment faire?

— Rouvrir ici, donner un coup de torchon au café et repartir...

— Tu es fou! Nous n'avons plus le rythme nécessaire... Albert, je t'en supplie, ne te laisse pas influencer par Fouquet.

— Fouquet ne m'a jamais demandé de remettre le bar en route; il s'amuse mieux ailleurs, sois-en persuadée. Et pour ce qui est de m'influencer...

— Tu comprends bien ce que je veux dire : depuis qu'il est ici, il a rouvert des portes que nous croyions fermées. Il n'y est pour rien. On aurait presque pensé que nous l'attendions.

— Ce gamin?

— Ce petit, justement. Moi non plus, crois-moi, je ne voudrais pas qu'il cesse de se plaire chez nous, qu'il ne nous aime plus. Car il a de l'affection, c'est visible. Mais il ne faudrait pas que cela nous entraîne trop loin. Nous étions si heureux comme cela.

— Pour l'instant, ça nous entraîne à manger des paupiettes, dit Quentin en retrouvant son sang-froid.

Il lui avait alors expliqué le caprice de Fouquet. D'abord contrariée, Suzanne avait finalement décidé qu'il était inconcevable de se soumettre séparément à la cuisine du jeune homme, que pour la circonstance ce client dînerait dans leur petite salle à manger. Elle aussi, à sa façon, organisait le danger ; on ne conjure pas autrement le démon qu'en l'invitant à sa table.

— En conclusion, avait dit Quentin, je vois qu'on n'en parlait jamais mais que tu n'arrêtais pas d'y penser.

— Seulement la nuit, je te le jure ; le jour, je ne me le serais pas permis, c'est la première fois. La nuit, quand le bonheur se calfeutre et que je t'entends croquer tes bonbons, il m'arrive encore de me demander pourquoi tu es devenu si parfait d'un seul coup et d'espérer que c'est un peu pour moi.

— Laisse mes bonbons tranquilles. Je devrais m'en passer, comme de tout le reste ; c'est une habitude.

— C'est une méthode.

— Je n'ai plus que des habitudes.

— Du moment qu'elles ne sont pas mauvaises...

Ayant vidé son sac, elle s'était éloignée, plus légère, assurée d'avoir suffisamment affaibli l'adversaire pour lui offrir sans crainte l'image de ce dos aveugle et strict qu'il s'était pris un instant à haïr.

— Lui, Fouquet, n'a pas d'habitudes, pensa Quentin, tout ce qu'il fait possède la dignité charmante du provisoire, il invente son chemin. Il me rappelle Dauger, ce matelot sans spécialité — sans spécialité comme Fouquet, les paupiettes mises à part. Ce Dauger qui faisait merveille dans la brousse avec la seule allégresse de l'instinct, tandis que nous nous retrouvions encerclés malgré nos thèmes tactiques. L'habitude, c'est un bon moyen de se laisser mourir sur place.

Au fond, Suzanne n'avait pas entièrement tort : Fouquet représentait pour lui la tentation, non de la boisson, mais d'une vie plus dégagée. Sous sa grosse écorce, il s'était toujours senti attiré par ce qui était fin et rien ne traduisait mieux la finesse à ses yeux que l'absence où s'enfermait parfois ce jeune homme délié, ses errances sur la falaise, le rêve de satin et de sang où le plongeait un amour espagnol, cette faiblesse superbe qu'il puisait dans l'alcool, le mystère de cette présence qui ne s'affirmait qu'en se dérobant. Depuis dimanche, il s'était hasardé à suivre Fouquet dans sa promenade, d'assez loin pour ne pas se trahir ; il l'avait vu s'asseoir dans les rochers, contemplant les enfants sur la plage, et il avait apprécié que le vice se pacifiât dans le spectacle de l'innocence. Le lendemain, il avait pénétré dans sa chambre sous prétexte de plomberie, sans intention de fracturer cette intimité, mais parce qu'il lui semblait soudain que c'était le seul endroit de la maison où il pût respirer. Il y apportait aussi quelque défi, car c'était peu après l'intervention de Suzanne. La chambre étant vide, il s'était attardé, cherchant malgré soi à retrouver sur le peigne ou la brosse, dans un creux de l'oreiller, à quelques graffiti du mur et jusque dans l'armature muette du nécessaire de voyage justement, les signes de l'aventure et de la passion qu'il savait habiter dans cette pièce. Cette expédi-

129

tion lui eût laissé un goût de capitulation, s'il n'eût déjà dépassé ce stade, renoué avec l'incertitude commune, où chacun n'épie l'autre que pour lui demander la vie, pour en surprendre moins le secret que la recette. Tout à l'heure, la présence de Fouquet dans cette salle à manger, où il s'était emmuré depuis dix ans, confirmerait que l'autarcie sentimentale était révolue.

Fouquet ne connaissait pas encore ce réduit où il apercevait quelquefois, par la porte entrebâillée, Quentin en bras de chemise, les coudes sur la table, et Suzanne empressée à éveiller son intérêt en l'entretenant d'un long monologue qu'il écoutait sans impatience. Il remarqua d'entrée l'absence de fenêtre et en éprouva une sorte d'oppression qui ne tenait pas à l'étouffement physique, mais au sentiment d'accéder aux arrière-pensées du ménage. Ce mur qui se déployait autour d'un mobilier d'ébène était bien celui de la vie privée, où nul regard ne pénètre qu'on ne l'ait appelé de l'intérieur. Pourtant, à première vue, les fioritures et les détours de l'âme n'encombraient pas cet antre, plutôt semblable à la cabine de fortune qu'un commandant se réserve dans le prolongement de la passerelle pour continuer à surveiller la marche du navire jusque dans le repos, cellule dépouillée où tout concourt à l'utile, avec seulement la touche d'un objet personnel, médaillon ou fétiche, autre boussole, infime auprès des grands compas de route, mais qui gouverne la direction d'un cœur. Ici, c'était une carte périmée de la Chine et une photographie d'amateur, brisée par maints portefeuilles, où l'on distinguait sur le bord d'une rivière fangeuse de jeunes gaillards en maillots de corps caressant un mortier de campagne. Un baromètre, un calendrier, une liasse de factures piquée à un croc recourbé en hameçon, complétaient la décoration.

— Voilà mon Fort-Chabrol, dit Quentin.

— Nous ne recevons jamais personne, prévint Suzanne, sauf peut-être un membre de la famille de temps en temps. Encore recevoir est-il un trop grand mot, puisque c'est vous qui avez tout fait.

Elle était complètement désarçonnée par les allées et venues de Fouquet qui ne voulait pas perdre son fricot de vue et quelque chose dans sa mise en plis s'insurgeait contre cette faillite du protocole. Marie-Jo, qui achevait de dresser le couvert d'apparat, trouvait au contraire particulièrement réjouissant le fait que le jeune homme eût pris place en ce lieu et savourait la panique introduite dans le cérémonial par ces mouvements d'aération entre les cuisines et l'état-major. Fouquet lui-même, lorsqu'il découvrait dans la perspective de la grande salle à manger de l'hôtel le client solitaire qui occupait sa table habituelle, image de l'anorexie distraite et ennuyée, ne pouvait s'empêcher de ressentir une impression insolite de dédoublement. Quentin s'était assis tranquillement devant son assiette et avait pris le journal en attendant que se précisent des événements auxquels il convenait de ne pas attacher une importance exagérée, mais on sentait à de fréquents regards au-dessus de sa lecture qu'il avait le trac comme s'il en eût porté la responsabilité.

— Votre épouse aura beaucoup de chance, dit enfin Suzanne, comme Fouquet déposait au milieu de la table la cocotte fumante qu'il avait entourée d'une serviette repliée à la façon d'un maître d'hôtel.

Gagnant sa chaise, Fouquet ne put s'empêcher de chercher l'œil de Quentin et le trouva à la riposte. Il eut un sourire triste : à travers ces rites si souvent accomplis (Attention, je crois que j'ai laissé de la ficelle ; vous n'avez pas suffisamment de champignons), Claire et Gisèle répondaient à l'appel, remontaient au souvenir en vapeurs confondues, s'installaient autour de cette table où l'arôme, la saveur, la moindre allusion les convoquaient... Dieu sait pourtant qu'elles n'étaient pas de ces femmes qu'on attache avec des paupiettes! La preuve...

— Croyez-vous que cela ait tant d'importance pour une femme? Voyez celles qui passent dans votre restaurant, elles ont l'air de se livrer à une besogne d'entretien.

— Vous avez raison, dit Quentin, la plupart n'y connaissent rien. Elles peuvent exceller aux fourneaux parce qu'elles sont les dépositaires spontanées de tout ce qui concerne le feu et l'eau. Mais celle qui se tient à table est extrêmement rare ; ce qui en fait au demeurant la meilleure compagne de l'homme.

— C'est peut-être l'opinion de tes livres chinois, mais ce que je voulais dire, monsieur Fouquet, c'est qu'on pouvait apprécier l'intention déposée dans un plat et que si Albert avait daigné, un jour, faire la cuisine pour moi toute seule, j'aurais considéré cela comme un madrigal.

— Ce n'est pas pour toi que M. Fouquet a confectionné celle-ci, dit Quentin, c'est pour moi. Dites donc, où sont vos oranges?

— Des oranges! s'exclama Suzanne, où allons-nous?

— En Chine, dit Fouquet, c'est vrai, je l'avais oublié.

C'était de bons soirs équilibrés que ceux où Fouquet préparait des paupiettes ; il se sentait longuement chez lui, tandis que Claire lui abandonnait les rênes de sa maison ; puis les amis qui survenaient, car il y avait toujours des amis, les accréditaient dans la fonction du couple qui est de rayonner. Parfois, la suite dégénérait, mais il avait eu le temps de se dire : « Il y a plus malheureux que nous. »

— Certes, reprit Quentin, les femmes sont bien capables de trouver du sentiment dans un ragoût de mouton pour peu qu'elles aiment un homme.

— Quand elles cessent d'en trouver, ou d'en mettre, est-ce que cela indique qu'elles ne l'aiment plus? demanda Fouquet en se tournant vers Suzanne.

— Cela veut surtout dire qu'elles attendent autre chose.

— C'est bien cela, déclara Fouquet. Les femmes sont capables de tout, à une exception près ; si nous disons : « Il y a plus malheureux que nous, que toi, que moi... », c'est une phrase que les hom-

133

mes comprennent souvent, elles, ne peuvent pas l'entendre. Elles visent toujours vers le haut. Je vous avouerai qu'il m'est arrivé dans des moments de dépression d'évoquer la déchéance d'un politicien, les angoisses d'un fugitif, les inquiétudes du financier le plus méprisable, le désespoir du salarié le plus déshérité, bref de lire les journaux à seule fin de me persuader que mon sort demeurait enviable. Mais les femmes, qui lisent d'ailleurs ces mêmes journaux, ne cherchent leurs références qu'à travers un système de princesses, de mannequins, d'actrices, de divorcées à dix millions par mois, bref découvrent chaque jour dans l'existence une nouvelle vitrine à lécher. Je ne considère pas que cela soit un mal, au contraire, il y a là un levain de progrès, sans quoi nous aurions tendance à nous satisfaire de la médiocrité de notre état. Mais enfin, si l'on sait d'où vient le nerf de la guerre, on sait aussi qui en sont les nerveuses.

— Là, jeune homme, dit placidement Quentin, il me semble que vous faites fausse route, du moins en ce qui concerne notre foyer, où Mme Quentin n'aspire à rien d'autre qu'à assurer au lendemain les couleurs de la veille. Et pour ce qui est de se contenter de sa condition, vous me décevez : je croyais que vous auriez aimé être matador.

— Mais je suis matador, moi, répondit Fouquet, à mes moments... disons : perdus...

Suzanne ne cherchait pas trop à comprendre les propos qui s'échangeaient. Tout ce qu'elle retenait, c'était que son mari venait de lui rendre hommage

devant un étranger et elle lui en eut de la reconnais-
sance. Il était bien vrai qu'elle n'attendait plus de
ces changements à vue qui donnent aux êtres l'illusion d'étendre leur conquête sur le monde. Elle
était de ceux qui préservent. De même qu'elle
s'était montrée résignée dans l'aventure, elle mettait toute son espérance dans l'immobilité des
jours. Une fois peut-être, quand Albert avait cessé
de boire, avait-elle envisagé de s'engager avec lui
sur ces voies inconnues dont le réseau des lignes
dans la paume de sa main lui suggérait l'itinéraire.
Mais c'était dans l'euphorie de sa victoire. Suzanne
avait derrière elle un triomphe tel qu'il suffisait
à une vie. Ses efforts ne tendaient plus qu'à lui
donner davantage de prix encore, en faisant de son
vaincu un vainqueur, de son esclave un maître, et
il n'était pas d'occasion qui ne lui fût bonne d'ajouter à la statue de Quentin pour son propre orgueil.

N'ayant pu mener à terme les enfants qu'elle
avait portés, elle se tenait pour responsable de la
stérilité de leur ménage et, sans métaphysique
aucune, révérait chez son mari de mystérieux
pouvoirs délibérément tenus en jachère. Quand elle
pensait de surcroît à cette grande voix qui s'était
tue, ces explosions brutales, ces fugues irréduc-
tibles, tant de forces apprivoisées soudain autour
d'elle l'émerveillaient. Seul, échappait au contrôle
domestique le territoire religieux où Suzanne s'était
aventurée une fois d'un pas indifférent, lorsque
Quentin avait exigé de se marier à l'église, ce qui
était bien d'un homme au front casqué de nuages,

mais rien ne prouvait qu'il s'évadât encore vers ce domaine nébuleux.

— Nuit et jour trois cents avions américains, porteurs de bombes atomiques, tiennent l'air en permanence à moins de deux heures de leurs objectifs et n'attendent qu'un signal rouge, disait à ce moment Quentin. L'éventualité d'une mort instantanée est la seule question résolument posée à tous les instants et dans tous les esprits des habitants de cette planète, du moins chez les civilisés. Eh bien moi, je réponds que je n'ai pas peur. Il faut savoir mourir avec son temps, comme disent les braves gens.

— Sacrilège, disait Fouquet. Si vous croyez que cette complaisance envers la mort est chrétienne, vous vous trompez. C'est beaucoup de présomption que de se précipiter ainsi vers le jury en acceptant qu'il abrège le concours. C'est préjuger de la qualité de votre copie. Êtes-vous sûr d'abord d'avoir traité le sujet? Moi pas. Avant de rendre la vie — je dis bien rendre — je veux conserver le plus tard possible la faculté de l'améliorer, je ne parle pas dans le sens d'un infléchissement moral, mais d'un épanouissement. J'ai fait, l'autre jour, la connaissance d'une très vieille dame qui semble s'être décidée à mettre les bouchées doubles au bord de la tombe. Elle est dans le vrai. Qui sait si nous ne serons pas comptables de toutes les joies que nous nous serons refusées, de tous les chemins que nous n'aurons pas suivis, de tous les verres que nous n'aurons pas bus... Il ne faut pas cracher sur les cadeaux de la création. Dieu déteste cela.

— Sers à boire, dit Quentin. Vous allez voir maintenant ce que donne le même vin en 1945, sans doute la meilleure de ces quarante dernières années... Et, comme de juste, celle où j'ai cessé d'en boire.

— A votre santé quand même, dit Fouquet. Je sais que je n'arriverai pas à vous convaincre. J'espère que Mme Quentin me tiendra compagnie.

— Prends-en une goutte, dit Quentin, ça n'a jamais fait de mal à personne.

Suzanne, hésitante, emplit un petit verre. Elle considérait ces deux hommes à côté d'elle, accoudés sur la nappe, légèrement penchés l'un vers l'autre. Albert avait retiré sa veste, comme d'habitude ; M. Fouquet avait gardé la sienne ; il lui parut que ce garçon prévenant, dont la bonne éducation était fort agréable, et ce gros homme balourd, à qui elle se sentait liée au plus profond, n'avaient plus rien à se dire ; et elle commença à croire qu'un danger était passé.

Le vin était bon, pour autant qu'il pût en juger, car il n'y connaissait rien, mais Fouquet ne trouvait pas gai du tout de le boire dans ce recoin, sans échos. Le processus se répétait à intervalles imprévisibles : Quentin faisait un signe à Suzanne, celle-ci tendait une main tiède vers la bouteille, Fouquet regardait Quentin, celui-ci retournait avec ostentation son verre sur la nappe, le pied en l'air, et la tête chercheuse de la bouteille s'en écartait, comme dégoûtée, pour revenir plonger dans son verre à lui, par un miracle de la cybernétique.

« Si j'en faisais autant, pensa-t-il, je déclenche-rais un concert de protestations ; ou pire encore : il y aurait ce murmure d'assentiment incrédule que j'exècre et il me faudrait prendre une mine vertueuse. Il n'y a pas deux solutions : ou j'abrège, ou je me soûle. » Il s'ennuyait, s'enlisait dans un langage de chanoine épicurien, s'en voulait de ne pas remuer davantage l'atmosphère, sentant que l'imagination de Quentin en alerte retombait comme un soufflé. Certes, il y avait quelque chose de touchant dans cette soirée et qui faisait du bien, mais la flambée ne s'opérait pas, c'était un dîner sous le signe du chauffage central. On rigolait mieux chez Esnault.

— Vous connaissez Esnault ? disait Suzanne. C'est un être pernicieux. Il a cherché à faire du mal à mon mari. Je le déteste.

— N'exagérons rien, dit Quentin. Nous n'en-visageons plus l'existence sous le même angle, si tant est que nous l'ayons jamais envisagée en-semble...

— Il t'a poussé à la bêtise en de nombreuses circonstances.

— Nom de Dieu! fit Quentin, c'est formidable : quand je fais des bêtises, je voudrais bien que le mérite m'en revienne. C'était de grandes épopées, monsieur Fouquet. On sortait de soi-même.

— Avez-vous fumé l'opium, lorsque vous étiez en Chine ? demanda Fouquet.

— Certainement, dit Quentin. J'ai voulu tout connaître. J'ai fumé à Changhaï, j'ai fumé à Hong-kong, à travers des rues éclairées par des lampions où des squelettes vous guidaient vers un bat-flanc.

Les copains se rendaient là, les bras ballants, comme on va se faire photographier à la foire, devant une toile peinte, puis ils s'évaporaient subitement. Silence, solitude, chacun pour soi... On en ressortait comme du boxon en remontant nos culottes à pont. Ça n'était pas formidable ; c'est une manière d'onanisme, ce truc-là ; on rêve, quoi...

— Vous n'aimiez pas rêver ?

— Je ne savais pas. J'avais des rêves de fusilier marin. L'amiral Guépratte m'embrassait sur l'oreille ; j'obtenais une permission libérable ; je me retrouvais ici avec Suzanne ; elle m'embrassait à son tour...

— Rien de bien extraordinaire, à ce que je vois, dit Suzanne avec dérision.

— Non, mais ça ne faisait pas éclater la planète.

— Et maintenant ?

— Maintenant, il m'arrive de rêver que je fume. C'est le retour d'âge.

Fouquet eut la révélation des ravages qu'on pouvait provoquer dans cette existence et la tentation lui en fut bouleversante. Il ne s'agissait plus de satisfaire une gageure ni de ramener un homme au charivari amical, il s'agissait de le pervertir. Le bout de la route, l'obstacle auquel il se heurtait depuis un mois, cette volonté opaque qu'il essayait de contourner, tenait dans la résistance de cet homme au charme que Fouquet exerçait sur lui. Il prenait soudain conscience de cette puissance en lui insoupçonnée et de la destination qui lui était assignée. Une épreuve de forces était ouverte devant laquelle il ne pouvait se dérober. « Vieux, pensa-

t-il, prépare-toi. Je ne suis pas venu pour te détruire mais pour te réveiller. Je suis un de ces avions
porteurs de bombes, qui attendent leur signal rouge,
et mon objectif est à deux mètres de moi. »

— Mon mari a beaucoup aimé les voyages, dit
Suzanne. Le pauvre n'a plus souvent l'occasion
d'en faire. Nous ne sommes pas allés à Paris depuis
l'Expo de 37. Il nous est impossible de nous absenter au même moment et nous ne voulons pas partir
l'un sans l'autre. Il faudra que nous nous décidions
à fermer une bonne fois durant une quinzaine...
Savez-vous qu'il connaît les horaires des trains
dans l'Europe entière, les correspondances, les
hôtels où il faut descendre. Montre un peu tes
voyages à M. Fouquet...

— Ça ne l'intéresse pas, dit Quentin en adressant
à sa femme un regard excédé.

Il sentait que quelque chose se dégradait dans le
climat de ce dîner, comme un vide que personne
ne parvenait à combler, chacun parlant à côté de
sa voix, et qui éloignait le jeune homme d'en face.

— Au contraire, dit celui-ci, faites donc voir.

Et il y avait certainement de la moquerie dans
le ton.

Quentin se dirigea vers une commode et en
extirpa un prodigieux dossier maintenu par une
sangle qu'il posa devant Fouquet. Sous la désin-
volture affectée de son attitude, les gros doigts
continuaient de trahir malgré eux une méticu-
losité gourmande, tandis qu'il déployait un éventail de feuillets couverts d'une écriture appliquée,

tableaux fignolés à l'encre rouge et verte, qu'il lissait du dos de la main.

— Ne vous attendez pas à trouver de l'exotisme là-dedans, dit-il. Je n'y mets rien d'autre qu'un certain souci de la précision.

— C'est sa manie, dit fièrement Suzanne. Il ferait un administrateur remarquable.

— Vous n'avez jamais été tenté par la politique? demanda Fouquet.

— Il est entré le premier à Tigreville à la Libération, dit Suzanne.

— Ne sois pas ridicule, coupa Quentin.

— Vous étiez dans l'armée?

— Non, j'étais plutôt déserteur, un vieil âne obstiné à retrouver son picotin, je suis rentré chez moi.

— Vous avez connu le meilleur de la guerre.

— Le départ n'est pas mal non plus.

— L'embêtant, c'est ce qui se passe entre les deux.

— Je n'en suis pas si sûr... et vous comprendrez qu'avec des idées pareilles, je ne me mêle pas de politique cantonale. Mais je suis de très près ce qui est en train de s'élaborer en Chine. Pensez qu'il y a trente-cinq ans, dans une ville de près d'un million d'habitants comme Tchoung-king, vous ne trouviez pas dix maisons debout, pas de trottoirs, pas d'égouts ; un grouillement surgi du limon et qui y retournait... Alors, se décarcasser pour obtenir ou conserver une vespasienne supplémentaire à Tigreville, y faire rentrer l'école laïque, l'Algérie et les bouilleurs de crus, très peu pour moi. Je suis un usager, et pour le reste, jusqu'à preuve du contraire, je crois en Dieu parce que c'est comme ça... Ne regardez pas cet itinéraire pour Anvers, il n'est plus à jour depuis le 15 septembre. Puisque vous aimez l'Espagne, voici un voyage possible en Andalousie. Pour la commodité, je suppose que le départ a lieu un lundi 1er. Nous avons un train à 7 h 45 qui nous évite de changer à Lisieux et nous met à Saint-Lazare à 11 h 14. Nous prenons l'autobus 20, si vous n'y voyez pas d'inconvénient, parce que c'est pour moi une occasion d'apercevoir Paris.

— A cette heure-là, vous tomberez dans des embouteillages.

— Tant mieux, dit Quentin. Nous avons un battement de deux heures avant le départ d'Austerlitz à 13 h 20. Le Sud-Express, supplémenté à 1 500 francs, nous conduit à la frontière à 21 h 10. Ici, nous dînons au buffet d'Irun et nous avons le choix entre l'express de 22 h 30 ou le train-talgo de 23 h 51. Les deux arrivent sensiblement en même temps à Madrid, soit le mardi 2 vers 8 heures du matin. Là, nous nous faisons conduire à la Résidence Mora, près de la gare d'Atocha d'où partent les trains pour le sud...

— Vous vous moquez de moi, dit Fouquet. C'est au Mora que nous descendions chaque fois que...

— Eh bien, cela prouve que vous êtes un voyageur pondéré. Mais vous avez plus de chance que moi, car si j'en connais les conditions de séjour, j'en ignore la couleur et l'aspect. Encore qu'il ne doive pas être éloigné du Prado, si j'ai bonne mémoire, et que la cuisine y soit française.

— Votre numéro est remarquable, en effet, dit Fouquet avec froideur.

— Excusez-moi, dit Quentin, je croyais vous faire plaisir.

« Il a raison, pensa-t-il, j'ai perdu la manière d'entrer chez les autres. Je lui ai remis cette femme en tête. Et moi, ça ne me déplaît pas qu'il ait du chagrin. Heureusement que je n'ai pas trouvé de Jerez en ville, c'était le moyen de le faire sangloter. Est-ce que je pleure quand je pense à la Chine ? Et pourtant la Chine c'est moi dans le miroir d'une putain de garnison, et j'ai cassé ce miroir... »

— Ce n'est pas un simple numéro, intervint Suzanne. Albert est aussi méthodique pour les vrais déplacements. Tenez, il va partir pour Blangy à la fin de cette semaine. Vous ne croiriez pas qu'il a déjà son aller-retour de chemin de fer, son parcours d'autobus dans les Courriers Picards, sa chambre d'hôtel retenue. Il a beau s'y rendre chaque année pour la Toussaint, il trouve le moyen d'introduire de petits perfectionnements dans son voyage. Il n'aime pas s'embarquer sans biscuits, n'est-ce pas, Albert ?

— Il n'y a pas de honte, dit Quentin avec une intonation d'excuse. Mais tu ne devrais pas dévoiler mes secrets comme cela.

Il ressentait brusquement la mesquinerie de ces préparatifs, tout ce qu'ils masquaient de vide, de soumission au côté formel des choses. Si c'était là un secret, il était piètre.

143

— Il n'y a que de petites manies, dit-il.

— Vous partez donc ? demanda Fouquet.

Quentin crut discerner de la contrariété chez le garçon, mais ce n'était peut-être qu'un reflet de cette gravité que la séparation, si minime soit-elle, introduit entre les hommes et qui hausse le ton de leur vie.

— Seulement deux jours, dit-il, sur la tombe de mes parents.

Il avait la conviction que Fouquet eût apporté un autre souffle à un semblable pèlerinage et la confusion qu'il en éprouva le mit en face de cette évidence à peine croyable : un trouble, endormi depuis si longtemps qu'il ne savait plus comment le nommer, recommençait à l'agiter, qui était le désir de plaire.

— Monsieur Fouquet, dit-il, nous avons réservé une très vieille bouteille de cognac, vous plairait-il d'y goûter ?

Il appuyait si lourdement sur l'intention qu'il avait l'impression de repousser des volets. Et il fut heureux quand il vit se lever en face le sourire étonné qui lui signifiait que la communication avait été reçue.

CHAPITRE V

— Tu aurais eu à cœur de le faire boire que tu ne t'y serais pas pris autrement, dit Suzanne.

— Si, répondit Quentin, j'aurais bu avec lui.

Ils étaient dans leur chambre qui n'avait pas l'air d'une chambre d'hôtel, bien qu'elle ne se distinguât des autres que par l'absence d'un numéro au-dessus de la porte. Mais les souvenirs de toute une vie s'y trouvaient accumulés sur un espace restreint, où la forme et le poids matériels, plus que la valeur sentimentale, assignaient aux objets une place définitive ; le mot qui venait à l'esprit de Quentin, lorsqu'il envisageait cet échafaudage de trésors douteux, était celui de cargaison. Il s'accompagnait du sentiment morose que la cale du navire avait fait charge pleine.

Suzanne arrêta sa machine à coudre, leva les yeux vers son mari occupé à se raser avec le vieux coupe-choux dont il n'avait jamais réussi à se déshabituer et ressentit, comme chaque matin au spectacle de ce mâle jardinage, l'impression heureuse qu'une puissance exacte animait ce torse gonflé sous les bretelles.

— Peut-être pourrais-tu recommencer à prendre un peu de vin à table, dit-elle. Je te regardais hier soir faire les honneurs de notre cave et je pensais que tu avais beaucoup de mérite. Je ne voudrais pas que tu te sentes en état d'infériorité vis-à-vis de qui que ce soit à cause de moi.

Quentin, le visage oblique devant la glace, demeura un moment la bouche ouverte, hésitant à lui dire une bonne fois pour toutes qu'elle n'y était pour rien, que le problème réveillé par la venue de Fouquet le concernait seul, car il savait que cette révélation eût été pour Suzanne une grande déception. Puis estimant que sa proposition constituait une ouverture de bonne volonté, il se contenta de déclarer :

— Si quelque chose devait me manquer, ce ne serait pas le vin mais l'ivresse. Comprends-moi : des ivrognes vous ne connaissez que les malades, ceux qui vomissent, et les brutes, ceux qui recherchent l'agression à tout prix ; il y a aussi les princes incognito qu'on devine sans parvenir à les identifier. Ils sont semblables à l'assassin du fameux crime parfait, dont on ne parle que lorsqu'il est raté. Ceux-ci, l'opinion ne les soupçonne même pas ; ils sont capables des plus beaux compliments ou des plus vives injures ; ils sont entourés de ténèbres et d'éclairs ; ce sont des funambules persuadés qu'ils continuent de s'avancer sur le fil alors qu'ils l'ont déjà quitté, provoquant les cris d'admiration ou d'effroi qui peuvent les relancer ou précipiter leur chute ; pour eux, la boisson introduit une dimension supplémentaire dans l'existence, surtout s'il s'agit d'un pauvre bougre d'aubergiste comme moi, une sorte d'embellie, dont tu ne dois pas te sentir exclue d'ailleurs, et qui n'est sans doute qu'une illusion, mais une illusion dirigée... Voilà ce que je pourrais regretter. Tu vas imaginer que je fais l'éloge de l'ivresse parce que Fouquet traverse une mauvaise passe actuellement et que ce garçon me plaît bien, en cela tu auras raison pour une bonne part ; autrement, je ne me permettrais pas d'agiter ce spectre devant toi, que j'ai tant tourmentée autrefois et qui m'as entouré d'une façon si vaillante.

Suzanne soupira :

— Il y avait quand même longtemps qu'il n'était plus question de tout cela entre nous... Je voulais justement te demander quelle attitude il convenait que j'adopte s'il prenait à M. Fouquet la fantaisie de s' « illusionner » durant les jours où tu vas être absent...

— J'en serais très étonné, dit Quentin, encore qu'il soit homme à faire ce dont il a envie ; mais je doute qu'il ait jamais vraiment envie de boire. Ne ris pas... Représente-toi plutôt un promeneur qui aperçoit brusquement un couloir somptueux et s'y engouffre parce que rien ne le retient de l'autre côté de la rue.

— Certes, il ne ressemble pas aux épaves qu'on voit flotter dans la région. Je confesse que j'ai été la première à subir son charme et je ne me défends pas, moi non plus, d'un désir de le protéger depuis que nous savons ce qu'il en est. Reste qu'il m'a paru extrêmement bizarre, à la fin du dîner, quand il s'est mis à te parler de cette corrida du lendemain pour laquelle tu avais des billets, que sais-je... Et toi, qui avais l'air tout gêné !

— N'attache pas d'importance à cela. Je crois qu'il y a une déconvenue amoureuse là-dessous.

Quentin, débitant cette explication qu'il gardait en réserve depuis le dimanche précédent pour expliquer la conduite de Fouquet, sachant qu'elle fournirait une circonstance atténuante aux yeux de Suzanne, ne pouvait s'empêcher de la déplorer : ce n'était pas une consolation qu'on devait chercher dans l'alcool mais un tremplin. Du moins les générations élégiaques qui avaient gâché le métier pouvaient-elles servir de caution quand la circonstance l'exigeait.

— En somme, dit Suzanne, nous savons presque tout de lui maintenant. D'après ce qu'il nous a raconté, j'ai cru comprendre qu'il travaillait dans la publicité et j'apprends qu'il accomplit ici une manière de retraite à la suite d'un chagrin d'amour ; est-ce bien cela ?... Dans une certaine mesure, je t'avouerais que je suis rassurée.

Quentin essuya méthodiquement son rasoir sur une plaque de caoutchouc pendue sous le portrait du grand-père de Suzanne et le referma avec un claquement sec.

— Suzanne, déclara-t-il placidement, tu n'as que des qualités ; physiquement, tu as vieilli telle que je pouvais l'espérer ; en ce moment même, tu es parfaite dans ton double rôle d'épouse et d'hôtelière, mais tu m'ennuies, tout bêtement tu m'ennuies... Je ne vois pas en quoi ce que tu sais de

M. Fouquet peut te rassurer ; en revanche, à ta place je m'inquiéterais d'avoir un mari qui vient de découvrir que tout ce qui était rassurant était ennuyeux, comme ces souvenirs qui nous entourent, dont on ne peut rien retrancher, auxquels on ne peut rien ajouter, parmi lesquels nous allons bientôt prendre la pose à notre tour ; car nous arrivons à la dernière étape de notre vie... Alors, de l'imprévu, moi, brusquement, j'en demande encore et je le prends où il se trouve. Je ne veux pas qu'à mon côté on s'acharne à le réduire sitôt qu'il se présente.

— Tu as bien caché ton jeu depuis dix ans.

— C'est faux. Je n'avais aucun effort à accomplir pour me plier aux disciplines que je m'imposais. Le sang-froid, la précision, l'exactitude, peut-être ne les ai-je poussés à l'extrême que parce que ces vertus ne me sont pas naturelles précisément, mais ce jeu ne me pesait pas jusqu'à ces derniers jours ; j'y trouvais même une satisfaction.

Quentin achevait de nouer sa cravate, garnissait ses poches avec des gestes machinaux qui répartissaient infailliblement les porte-cartes, les porte-feuilles, les porte-clefs et les calepins en divers endroits de sa personne, lui conférant un lest supplémentaire. Suzanne essaya de se persuader qu'un homme ainsi bardé ne pouvait s'égarer bien loin : tout ce qui attache ou retient conservait une signification sur cette route.

— Je pense qu'il n'est pas mauvais que tu t'éloignes un peu, dit-elle, ce petit voyage va te remettre les esprits en place.

— Tu as raison, dit-il. Je suis ridicule. Il vaut

mieux voir les choses telles qu'elles sont. Ces idées d'un autre monde, d'une autre vie possible, prochaine et pourtant dérobée, je dois les tenir de la religion où j'ai été élevé. Il y a du mysticisme dans l'extase d'un ivrogne contemplatif...

— J'avais déjà fait le rapprochement, remarqua Suzanne.

— Bien sûr, tu vas évoquer ton père qui, lui, ne buvait pas, qui a conduit sa vie d'un seul pas de la ferme à la tombe sans passer par l'église ni le bistrot d'en face ; tu vas peut-être me dire aussi que nous lui devons notre hôtel... Pardonne-moi, je suis injuste : cela, tu ne me l'as jamais dit, même à l'époque où c'était beaucoup plus vrai qu'aujourd'hui...

Quentin posa une main aimable sur la nuque de Suzanne et lui pencha doucement la tête sur son ouvrage :

— Enfin, n'en parlons plus. L'essentiel est que tu ne fasses pas vilaine figure à M. Fouquet durant mon absence. Le malheureux n'y est pour rien et il a probablement assez de difficulté à se dépêtrer dans ses propres histoires. Bien que je ne croie pas tellement qu'un homme possède une histoire en propre ; le goût qu'ont certains de mettre les leurs dans la communauté, de partager celles des autres, répond certainement à une nécessité profonde de l'espèce. Car enfin la capacité d'éprouver les tristesses ou les joies d'autrui nous distingue de l'animal. Et il faut bien reconnaître, là encore, que la constitution de ce patrimoine affectif ne s'opère jamais mieux que devant un verre...

Suzanne écoutait avec effarement ce plaidoyer rebondissant dont elle augurait mal. Son mari n'avait pas l'habitude de parler aussi longuement, ni surtout sur ce ton de confidence objective qui laissait entendre un honnête débat avec soi-même étalé au grand jour.

— Tout cela, fit-elle, ne me dit pas si je dois donner la clef à M. Fouquet, à supposer qu'il me la demande.

Quentin réfléchit un instant, esquissa un sourire :

— Nous en parlons vraiment comme d'un enfant..., dit-il. Eh bien, non! Tu lui raconteras que cette clef m'était personnelle et que je l'ai emportée.

— Et s'il s'amuse à escalader la grille?

— Il ne le fera pas. Dès qu'il saura ce qu'il en va de la clef, il comprendra.

— Il comprendra quoi?

— Que c'est moi qui la lui refuse, dit Quentin béatement.

Suzanne trouva soudain que son mari avait l'air assez stupide et sûr de soi.

A son réveil, Fouquet avait constaté qu'il supportait de moins en moins l'alcool, buvant à intervalles trop rapprochés, mais pour une fois il n'en éprouvait pas de remords puisque la grosse ombre de M. Quentin se trouvait étroitement associée à cette défaillance. L'incident, s'il le laissait un peu engourdi, n'engageait pas la conscience morale ; il ne provoquait en lui aucun hérissement insurrectionnel, plutôt l'impression d'avoir approché quelque vive vérité dans une clarté maintenant évanouie et sa mélancolie revêtait les couleurs d'une portion de paradis perdu. Une image lui revenait : celle des mains de Quentin, déjà gagnées par de nombreuses taches brunes, signes presque végétaux de la vieillesse, et par comparaison la rumination qu'on pressentait sous cette rude écorce. Le mystère côtoyé, c'était celui d'un homme parvenu trop vite au terme de sa vie, une rupture de croissance délibérément consentie, le suicide troublant d'un sanglier, d'un solitaire.

« Ce que les hommes se disent tient en peu de mots, pensa Fouquet. Depuis hier soir, j'ai un nouvel ami et nous n'avons pas échangé trois paroles sérieuses. Ce qui s'est établi entre nous vient de plus loin, la qualité d'une attitude le révèle, un regard l'illumine ; le reste est de la sauce. Cet homme pourrait être mon père. Et certes Quentin inspire le respect ; mais il l'éclaire pour moi d'un jour nouveau. Ce qui est respectable chez les gens âgés n'est pas ce vaste passé qu'on baptise expérience, c'est cet avenir précaire qui impose à travers eux l'imminence de la mort et les familiarise avec de grands mystères. Là, il me semble que mon ami a baissé les bras un peu vite... »

La pluie redoublant aux carreaux ramena Fouquet au souci de la Toussaint. Il se demanda ce qu'il allait faire de ces quelques jours où l'absence de sa fille et celle de son hôte l'abandonneraient à une vacuité totale. La ressource de trouver refuge chez Esnault comportait des risques qu'il ne pouvait envisager en face. Par surcroît, depuis la veille, il se sentait solidaire de Quentin dans le martyre que lui infligeait l'incompréhension de ses anciens amis et, sans renoncer pour sa part à forcer ses défenses, il concevait que ce cas excédait de beaucoup la gaudriole de comptoir. S'il n'avait craint de paraître assimiler ce pèlerinage à une excursion, il lui aurait offert de l'accompagner en Picardie, à seule fin de partager avec lui cette brève bouffée de liberté dont il ne doutait pas que ce voyage fût au fond le prétexte ; non qu'il imaginât de folles débauches de permissionnaire, mais une autre façon de parcourir les routes et les rues, de croiser les passants, de consulter l'heure. Et la démarche d'un homme qui retourne dans son pays natal est toujours pathétique.

Le mois passé à Tigreville n'avait pas relégué le souvenir de Claire mais sa désertion lui était moins sensible sous ce climat nouveau où elle se confondait dans un lointain diffus avec la porte de tout un réseau d'habitudes. En dehors de cruels assauts, il parvenait à ne plus considérer la jeune femme que comme le plus bel agrément de Paris, où elle avait dû rentrer depuis quelque temps. Souvent il avait espéré une lettre d'Espagne, dont il eût par ailleurs redouté la tiédeur et la sérénité. Le silence continuait d'habiller leur séparation du manteau de la tragédie, où rien n'est jamais tout à fait dit avant le mot de la fin. Sa propre absence donnait une fière réplique.

La lettre que Marie-Jo lui glissa sous la porte au milieu de la matinée venait de Gisèle. Elle l'avait signée de son nom de jeune fille, mince coquetterie des épouses que le divorce rend à l'innocence. Le papier, gondolé d'avoir trop rebondi de facteurs en concierges, était humide de la dernière averse et le message semblait avoir été confié à une bouteille à la mer. Effectivement, tout cela arrivait de très loin. Néanmoins, le sens en était aussi impérieux que s'il eût été livré à bout portant : Gisèle se refusait à laisser sortir Marie, si personne n'allait la chercher. « Elle est beaucoup trop distraite pour qu'on la fasse voyager seule, disait-elle. Je me suis mise en rapport avec la directrice, elle partage mon point de vue. Il n'y a aucun convoi organisé. Seul, un élève de la division supérieure prend ce train et le Cours décline toute responsabilité. En outre, ce camarade rentre en voiture ; qui la ramènera ? Je ne te cacherai pas que voilà bien des complications. Il est dommage que tu aies cru devoir la mettre prématurément au courant de ce projet. Elle se sera réjouie pour rien. Je reconnais là ton premier mouvement qui est toujours le bon et trop souvent le seul... »

Comme chaque fois qu'il éprouvait une contra-riété ou qu'il avait une décision importante à prendre, Fouquet se dirigea vers la glace. Le visage qu'elle lui retourna était celui d'un très jeune homme et, selon un préalable établi, il s'étonna de ce que tous les événements qui l'avaient affecté dans cette chienne de vie ne l'eussent pas davan-tage marqué. Se pouvait-il qu'il eût sincèrement ressenti le fardeau de sa condition d'homme, que le grave débat des responsabilités eût choisi à

l'occasion de s'abriter sous ce front sans ride?
« Qu'est-ce que vous voulez attendre d'une gueule
comme celle-là? se dit-il. La bombe à hydrogène,
les États sous-développés, la patrie à l'encan,
les drames de famille, les chagrins d'amour, les
impôts, les bitures ravageuses, ont glissé là-dessus
comme qui rigole. Vraiment cet être n'est pas
digne des malheurs qui lui arrivent. Renvoyez-le
au vestiaire, dans les limbes. Mais c'est qu'il aurait
l'air presque gai, ma parole! » S'efforçant à l'impassibilité absolue, Fouquet, dénué d'expression,
vit ses traits s'abandonner avec une telle veulerie qu'il fut à nouveau consterné par l'indigence
de cette matière première à partir de laquelle il
lui fallait maintenant remodeler son masque. Ral-
lumant un œil, puis l'autre, s'essayant à quelques
plis virils du côté des sourcils, raffermissant les
ailes du nez, ménageant au sourire une marge
tendre ou goguenarde, il finit par se composer
une figure baignée d'allégresse discrète et de
résolution. Et du même coup, la conviction
s'installa définitivement en lui que l'homme d'une
telle tête ne pouvait faire qu'une chose, qui était de
prévenir l'école qu'il viendrait lui-même, le surlen-
demain, chercher sa fille pour l'emmener à Paris par
le train de 5 heures et qu'elle eût à se tenir prête.
Quelques coups de téléphone habiles suffisaient.

Sur le moment, il ne s'arrêta pas à mesurer
les conséquences entraînées par cette disposition.
Bâclant sa toilette, il se précipita à la poste. Au
passage, il adressa un signe de connivence à
Quentin et n'en reçut pas l'écho attendu. Il eut

au contraire le sentiment que l'hôtelier l'observait avec une contenance frileuse et mit cette réserve sur le compte d'une sagacité déconcertée par l'exubérance nouvelle dont il se sentait rayonner. Quelque chose se remettait à tourner, dont il avait l'initiative et le commandement, une entreprise qui donnait un sens efficace à son séjour, faisait rimer raisonnablement Tigreville et Paris, et qui ressemblait à une bonne action.

Les villes qu'on doit quitter vous font beau visage. Les rues, ce matin-là, ne lui apparurent ni plus gaies ni plus tristes qu'à l'accoutumée, mais il s'y sentait à l'aise. Il pouvait regarder avec une curiosité dégagée les chalets biscornus où s'abritaient quelques retraités ; les façades muettes des hautes résidences ensevelies sous une végétation sauvage ne l'oppressaient plus. Dans le centre, il remarqua que deux ou trois magasins de bimbeloterie balnéaire avaient encore fermé depuis son arrivée et songea qu'il ne reverrait sans doute jamais la demoiselle unijambiste qui vendait des cordes à sauter, ni la petite vieille aux coquillages derrière sa voiture d'enfant, ni le marchand de sable, le vrai, que son âne venait rechercher dans les cafés quand il s'attardait sur la route de la plage. Sortant de la poste, il osa s'aventurer du côté du Chemin Grattepain dans l'espoir de s'offrir le luxe de dévisager les deux filles en toute impunité d'un œil déjà très parisien. Mais il ne les aperçut pas dans le flot des laitières aux bras blancs que l'usine dégorgeait à petites giclées scandées par les sirènes de midi. Au léger déchirement qui le parcourut, il comprit clairement qu'il n'avait pas l'intention de revenir à Tigreville, qu'il appartenait de nouveau à l'ancien système dont il ne parviendrait pas à s'arracher une seconde fois. Cette rencontre des filles, à laquelle il n'eût peut-être plus repensé, lui laissait subitement un goût d'inachevé comme d'un roman interrompu au milieu d'une phrase. Que d'ébauches fallait-il abandonner derrière soi pour accomplir un seul geste dans l'existence! Il allait devoir s'amputer de cette amitié encore toute craquante et vernie qui le liait à Quentin, il n'en connaîtrait pas le confort souple et chaud, la pratique aveugle rompue par l'usage. Rentrant au Stella pour le déjeuner, il se sentait si attristé qu'il n'osa pas annoncer la nouvelle de son départ, même à Marie-Jo qui eût constitué un bon terrain d'essai mais eût pouffé sans y croire, tant elle portait en elle le fruit sans cesse éclos du présent.

Les jeudis de pluie, les élèves du cours Dillon sous la surveillance d'une monitrice envahissaient une salle d'attractions et de jeux divers, attenante au casino désaffecté dès les premiers jours de septembre. C'était un profond boyau garni de glaces déformantes, de billards électriques et d'appareils sonores où la jeunesse amoureuse ne dédaignait pas de venir prendre des contacts, entretenant un brouhaha couvert par les airs à la mode. Les enfants y renouvelaient leur provision de chansons et de mots d'argot. Vers cinq heures, Fouquet ne résista pas à la tentation d'y aller faire un tour pour tenter de déchiffrer dans le comportement de Marie les traces du bonheur qui lui était promis à la fin de la semaine. A l'interrogation muette de Quentin, surpris par ces allées et venues, il se crut obligé de répondre :

— Je reviens tout de suite.

Cette manière de surveillance qui lui eût pesé la veille encore lui apparaissait maintenant comme l'expression d'un désarroi attentif qu'il fallait ménager.

— Je vais du côté du Kursaal, ajouta-t-il pour lui faire savoir qu'il ne se rendait pas chez Esnault.

Quentin eut un mouvement d'épaules qui signifiait que cela lui était indifférent ; mais au moment où le jeune homme allait franchir la grille, il le héla :

— Si vous n'avez pas de but précis, je vous accompagnerais volontiers. Il y a longtemps que je n'ai pas vu la mer.

Fouquet avait mis trop de désœuvrement dans ses attitudes pour éluder cette proposition. Le temps que Quentin prévint Suzanne, il réfléchit qu'il pourrait toujours passer devant le stand des jeux sans y pénétrer si la présence de son compagnon entravait ses manœuvres. Cependant, il fut assez désappointé à la perspective de renoncer à cette dernière séance de délectation paternelle où Marie s'offrait à lui avec un abandon qu'il ne retrouverait plus. Même Gisèle, sauf peut-être aux âges du berceau, n'avait connu pareil empire sur sa fille, ni l'exquise blessure d'une tendresse vigilante prodiguée sans retour. En même temps, il se répéta une fois encore qu'il eût peut-être été plus simple et plus juste d'annoncer carrément à la face du monde qu'il passait un mois dans le voisinage de son enfant, quitte à dénoncer sa retraite et à appeler l'attention des autres sur sa conduite. « Je viens de traverser une fameuse crise, pensa-t-il. Au jour le jour, on ne s'en aperçoit pas mais l'ensemble est impressionnant. Il n'est pas mauvais de fermer cette parenthèse. »

Quentin le rejoignit quelques instants plus tard. Il avait enfilé un ample tricot sous son veston, qui donnait à sa silhouette une touche de fantaisie un peu vulgaire.

— Ma femme a craint que je ne prenne froid, expliqua-t-il. Elle a craint beaucoup d'autres choses.

Dans l'obscurité qui tombait, ils prirent par la rue Sinistrée. Les deux hommes marchaient côte à côte en silence. A intervalles, Quentin répondait au salut d'un Tigervillois étonné de le trouver en ville à cette heure-ci et dans cette compagnie. Fouquet éprouvait progressivement l'insolite de cette promenade que les relations nouées par le dîner de la veille ne suffisaient pas à justifier. Il sentait monter l'explication et serait facilement entré dans un bistrot pour camper à la hâte un décor autour de ce qui allait se dire

159

et au besoin truquer le sens des mots. Il appré-
hendait une conversation sans accessoires.

Parvenu au boulevard Aristide-Chany, Quentin s'arrêta à contempler la mer rugueuse et
vide.

— Jamais un bateau, dit-il, avez-vous remarqué ? Pas de port, pas de trafic. Le poisson vient
d'Ouistreham dont nous apercevons le phare, la
nuit. Le collier de lumières qui s'allume là-bas,
c'est Le Havre. Ici, nous sommes oubliés et nous
ne reflétons rien. Je n'ai jamais cherché à savoir
ce que vous étiez venu faire chez nous mais j'ai
cru comprendre que quelque chose ne tournait
pas rond. Pourquoi buvez-vous ?

— J'ai déjà entendu cette question, dit Fouquet amèrement.

— C'est celle que doivent vous poser tous
ceux qui vous aiment bien. Vous n'avez pas le
droit.

— Vous, vous l'auriez.

Quentin s'en voulait d'avoir attaqué de cette
façon. Sur le chapitre des droits de l'individu,
il était partisan d'une tolérance absolue. Il s'entendait avec détresse dire le contraire de ce qu'il
pensait. En provoquant cet entretien, il n'avait
eu d'autre objet que de parler un peu de soi et il
commençait par sombrer dans une sollicitude pa-
taude.

— Vous devez me prendre pour un vieux
jeton. Je ne vous fais pas de morale. Je me défends
comme je peux. Si je ne bois plus c'est que j'en
ai fait le pari ; et ce pari, vous êtes en train de

me le faire perdre au moment où je m'y attendais le moins... Êtes-vous croyant?

— Sans doute, dit Fouquet.

— Moi, je ne sais pas si je crois en Dieu, mais
si je ne devais plus croire en moi, à qui se fier...

Ils s'avançaient lentement sur la digue, vers
le Kursaal dont l'orifice s'annonçait en rose dans
la façade hermétique du casino.

— Je ne suis pas plus fort qu'un autre, reprit
Quentin. Si j'ai dit pas un verre, c'est que je
me connais trop bien : je ne m'arrêterais plus.
Et pourtant, j'aurais eu du plaisir à apporter au
monde quelques retouches avec vous. Alors, vous
allez être raisonnable?...

Fouquet aperçut sa fille empressée autour des
manettes d'un football de table et, par réflexe,
se rejeta légèrement en arrière.

— Un instant, dit-il.

Marie s'obstinait à ne pas porter le chandail
de la naine. Déjà, précédemment, Fouquet posté
dans ses rochers, bienfaiteur avide de sucer son
bienfait comme un bonbon, avait constaté avec
perplexité le peu d'empressement qu'elle apportait
à troquer sa guenille. Les rouages de ce dédain
lui échappaient.

— C'est pour les enfants que vous venez ici
ou pour les filles? demanda Quentin avec une
pointe d'agacement.

Des adolescentes délurées croisaient effectivement parmi les élèves, balançant haut des jambes
en battants de cloche à l'intention de jeunes
gens obtus, agglutinés les mains dans les poches

161

contre les tourne-disques. Dans ce magma où ils se contaminaient avec délices, la monitrice avait du mal à retrouver ses petits. Fouquet reconnut Monique et François joue à joue devant un fakir mécanique dont les oracles étaient censés sceller des promesses adultes. Rageusement, Marie s'escrimait, sans un regard, face à un gamin beaucoup plus jeune qu'elle semblait fasciner. D'évidence, la rupture était consommée.

— J'observe une fillette, répondit Fouquet, celle qui se démène comme un pantin devant cette espèce de billard. Comment la trouvez-vous ?

Il y avait dans sa voix l'inquiétude orgueilleuse du jeune homme qui révèle au chef de famille qu'il possède un enfant naturel : vous rêviez d'une petite fille... la voici.

— On croirait que vous l'avez faite vous-même, dit Quentin. Naturellement, celle-ci est mignonne, un peu maigrichonne ; pourquoi pas cette bonne grosse avec sa balle enluminée ?... Je vous avouerai que je n'y connais rien. A cet âge-là, ça ne me suggère pas grand-chose ; j'ai soixante ans, comprenez-vous : il manque un maillon à la chaîne.

Vaguement déçu, Fouquet songea que sa chaîne à lui était rompue en mille morceaux.

— Vous avez l'air d'aimer les enfants, poursuivit Quentin. Quand on a ça devant soi, il ne faut pas boire comme vous le faites. Je veux dire aussi brutalement, aussi désespérément. C'est trop bête de se détruire. Au lieu de renoncer, il faut s'entretenir et là, je vous concède qu'il n'y a pas de meilleur produit d'entretien qu'un petit coup de miror passé sur le panorama.

— C'est que je suis comme vous, dit Fouquet, moi non plus je ne sais pas m'arrêter à temps.

— Je vous demande d'être raisonnable, fit Quentin. Au moins jusqu'à mon retour. Ne vous laissez pas embarquer... Quand ce ne serait que pour la pauvre mère Quentin. Je pars samedi, ne l'oubliez pas.

Voilà donc où il voulait en venir, pensa Fouquet. Dans ces conditions il pouvait le rassurer immédiatement :

— Moi aussi je pars, dit-il.

— Ça n'est pas vrai! fit Quentin en fronçant les sourcils.

— Si. Je vais à Paris ; samedi également.

Quentin détourna la tête. Le choc lui paraissait disproportionné. Une rengaine de foire mettait à bon marché un accent grave sur son silence. C'était le moment d'avoir de la dignité. Il posa une main sur l'épaule de Fouquet.

— Ce n'est pas parce que je viens de vous parler de la sorte? demanda-t-il anxieusement. Ou quelque propos de Suzanne?...

— Sincèrement non. J'y suis obligé de toute façon.

— Vous avez votre billet?

— Non.

— C'est vrai : j'oubliais que tout le monde

n'est pas comme moi... Mais vous allez revenir?

— Revenir? Vous êtes drôle!...

Quentin avait maintenant la certitude qu'ils étaient passés tous les deux à côté d'une aventure capitale. Dans un brouillard confus, il entrevit une manière de tableau, plus chaud qu'une allégorie et plein de bruits de foules, où un père et son fils trinquaient à l'envi, soudés par le même secret; et à travers eux, d'âge en âge, dans des bars qui devenaient des cafés, des cafés qui devenaient des cabarets, des cabarets qui devenaient des tavernes, d'autres hommes choquaient le pot d'une génération à l'autre. Il s'aperçut que son tableau à tiroirs faisait peu de place au visage de la femme.

— Elle est rentrée? demanda-t-il timidement.

Fouquet, qui ne se souvenait pas d'avoir jamais évoqué aussi intimement Claire devant Quentin, fut à la fois étonné et reconnaissant de la discrétion du ton.

— Je ne sais pas, fit-il, probablement. Mais ce n'est pas cela qui me ramène à Paris.

Il voyait Marie à travers la vitre, qui errait sans joie entre les attractions, et se disait qu'au fond, il était effroyablement libre, même de revenir à Tigreville si le cœur lui chantait. Il était certain d'ailleurs d'en avoir souvent la nostalgie. Dans son genre, lui aussi avait déjà sa vie derrière lui et il lui fallait se retourner pour la regarder en face.

— Vous prétendiez qu'on n'a pas le droit de renoncer, reprit-il, je vous répondrai qu'il est assez dur de se faire une vie pour ne pas s'astreindre à s'en faire une deuxième.

— Vous êtes jeune, nom de Dieu!

— Vous ne connaissez pas les jeunes, dit Fouquet, regardez-les : la tête de plus que nous. Des saints ou des voyous, d'une pureté aride, sans une nuance, sans une ombre. On appelle ça l'exigence ou l'intransigeance. Ceux-là ne boivent pas et ils sont terribles. Ils n'ont aucune indulgence. Ma génération sera la dernière des joyeux drilles sans emploi.

Quentin n'était pas loin de partager ce point de vue. Il en fut satisfait. Ce qui lui convenait chez Fouquet, c'était qu'il ne semblât appartenir à aucune époque de l'existence ; il échappait à la distinction entre parent et enfant ; il n'était ni l'un ni l'autre. Une belle nature de camarade, en somme...

— Si je peux me permettre, dit-il, avez-vous encore votre famille?

— Mon père est mort, répondit Fouquet, mort de la guerre ; je devrais dire mort des deux guerres... Bien qu'il s'en défendît, il ne supportait pas. Il y en a eu au moins une de trop.

Quentin lui saisit le bras et l'entraîna à rebrousse-chemin sur la promenade. Ils se turent presque jusqu'au jardin de l'hôtel où l'autre lâcha Fouquet :

— Vous aviez l'air gai et actif ce matin. C'était votre départ?

— C'était le changement. Mais la notion en

est bien vaine, puisque je rentre à Paris où tout va recommencer.

— Voyez notre enseigne, dit Quentin. Revenez-nous. Suzanne vous attend, elle aussi. Nous fêterons votre retour. Je reviens bien, moi! Je suis sûr que votre travail peut vous permettre de vous installer ici. Vous serez tranquille. Qu'est-ce que vous voulez de plus?

— Je voudrais être vieux, dit Fouquet.

CHAPITRE VI

Le samedi de la Toussaint, l'hôtel Stella ne présentait pas son aspect ordinaire de modestie bourgeoise et de terroir. Dès le début de la matinée, des voyageurs, parents ou frères d'armes, débarquaient des quatre coins de l'Europe pour s'égayer à travers les cimetières militaires disséminés dans la région. Au bout de douze ans, beaucoup de visiteurs finissaient par se retrouver en habitués. Apparus les derniers, les Allemands n'étaient pas les moins assidus. Dans la salle à manger où fleurissaient les insignes, les cocardes et les médailles, les repas ressemblaient à des armistices. La dernière bouchée dans le bec, chacun regagnait son camp et se retranchait derrière ses morts. Le soir, on buvait ferme et c'était peut-être une des raisons pour lesquelles Quentin s'éloignait durant cette période, avec l'assentiment de Suzanne. Deux extra journaliers qui servaient au mois d'août réapparaissaient pour la circonstance ; ils étaient sinistres à point.

Ce climat détraqué faisait perdre la tête au personnel et Marie-Jo, le feu aux joues, acceptait les verres que Fouquet lui versait avec entrain. Aussitôt qu'annoncé, elle s'était consolée du départ du jeune homme. Celui-ci s'était réfugié à l'office devant l'invasion. Depuis midi, ses bagages bouclés, il avait le sentiment de faire les cent pas dans une salle d'attente et ne savait exprimer son désordre intérieur qu'en offrant des tournées générales, profitant de ce que les bouteilles circulaient en liberté dans la maison. Au moment qu'il réglait sa note avec difficulté, Suzanne lui avait réitéré la proposition de son mari : il pourrait revenir quand il voudrait aux conditions les plus avantageuses ; il s'acquitterait au tarif des représentants de commerce et serait traité comme un fils de la famille. Il l'avait embrassée. Ensuite, il était monté faire ses adieux chez Esnault, sans regrets, plutôt pour tromper ses nerfs, et en était revenu assez exalté.

Quentin le surprit assis sur la table, s'essayant à servir du whisky à la vieille cuisinière et eut un regard consterné.

— Que voulez-vous, on n'est plus chez nous, fit Fouquet en désignant du menton le reste de l'hôtel.

— On ne dirait pas, répondit-il sans méchanceté. Je venais vous faire mon au revoir.

— Vous partez avant moi ?

— Si l'on peut dire, parce que vous me semblez bien parti vous-même.

— Je ne sais pourquoi, j'avais cru que nous

prendrions le train ensemble. Je vous réservais une surprise... Tant pis, vous allez bien nous manquer.

— Sans blagues, dit Quentin, ne faites pas de sottises.

— Alors, le coup de l'étrier... non? proposa Fouquet.

Il lui tendait la bouteille avec un sale clin d'œil suggestif et les bonnes se prirent à rire sottement. Quentin tourna les talons et laissa retomber la porte à battants. Les sarcasmes du jeune homme le poursuivirent dans le vestibule : « Vous n'êtes pas l'homme à sauter dans le wagon en marche, vous! » Il pénétra dans sa petite pièce sans fenêtres où était sa valise dans une housse, objet du culte posé au milieu de la nappe dans un isolement majestueux, et s'assit pour délacer un instant ses chaussures. Sa tenue de voyage exagérément endimanchée le gênait. Il rejeta de sa poche les cartes routières qu'il emportait pour pouvoir nommer le paysage à voix basse. Il se sentait las et un peu écœuré. Jusqu'au dernier moment, il avait espéré que Fouquet n'abandonnerait pas définitivement le Stella, mais toutes ses affaires étaient descendues et la literie pavoisait la fenêtre ouverte de la chambre n° 8. Le garçon allait disparaître comme il était venu, ou presque : Suzanne avait fait recoudre le bouton qui manquait à sa veste de daim.

— Suzanne! appela-t-il.

Elle fut là aussitôt, diligente, multipliée entre

la réception, la caisse, la salle à manger ; cette flambée l'épanouissait.

— Veille bien sur lui, dit-il.

— Ça ne va pas?

— On ne sait jamais... Au besoin, conduis-le jusqu'à la gare.

— Tu m'avoueras que c'est extraordinaire, soupira Suzanne.

— C'est parce qu'il nous quitte, déclara Quentin. Il ne faut pas chercher ailleurs.

— Voilà une semaine que ça s'est déclenché et il n'a pratiquement pas arrêté. Malgré ça, tu vas voir qu'on sera assez bête pour le regretter, cet animal-là.

— Il suffit qu'il se stabilise. C'est qu'il revient de loin. Remarque, n'exagérons rien : chez un autre dont on ne s'occuperait pas, on s'en apercevrait sans doute moins. Mais nous sommes là, à le guetter, souvent inconsciemment...

Suzanne qui ne voulait pas contrarier son mari avant le départ finit par abonder dans son sens. Elle s'alarmait encore de le voir aussi troublé mais le trouvait généreux et surtout plus ouvert qu'auparavant. Pour solde de tout compte, le passage de Fouquet aurait plutôt contribué à les rapprocher. Elle conseillait à Quentin d'avoir à s'apprêter, quand son instinct lui souffla qu'il se produisait un incident du côté de la salle à manger. Entrebâillant la porte, elle vit que les clients interrompaient leurs déjeuners pour se masser devant les portes vitrées. Marie-Jo, qui avait dû s'élancer une des premières, revenait en proie à une grande excitation. Elle se buta contre Suzanne :

— Madame, monsieur, venez voir. M. Fouquet est sur la place !

— Et alors, c'est bien son droit ?

— Il se livre à de drôles de choses.

— Nom de Dieu ! fit Quentin.

La plupart des hôtes du Stella étaient rassemblés dans le jardin, la serviette à la main, et regardaient vers la place du 25-Juillet où des gens penchaient le buste au balcon ; un attroupement commençait à se former sur le trottoir ; la curiosité tendait les visages, amusée chez certains, anxieuse chez d'autres. Au centre, près du refuge qu'il semblait repousser d'un pied nerveux, Fouquet se dressait, les reins cambrés, la tête portée en arrière, l'œil fixé sur le débouché de la route de Paris ; il avait retiré sa veste qu'il tenait largement déployée sur l'extrémité de son bras droit, l'agitant par de brèves saccades du poignet qui lui faisait frôler le bitume. La main gauche, écartée sur l'estomac, pétrissait un jabot imaginaire

— Trois automobiles déjà, il a évité, dit un Belge.

— Éviter ! Vous ne comprenez donc pas qu'il les recherche...

« Bande de salauds ! » fulmina Quentin fendant les groupes pour s'approcher de la grille. Fouquet, qui accomplissait le tour de la place à petits pas provocants, l'aperçut, lui dédia un sourire et une inclinaison du torse puis, sortant un mouchoir de sa poche, le lança sur la chaussée dans la direction de l'hôtel. A peine avait-il achevé ce geste qu'une voiture s'engagea sur l'espace vide. D'abord hési-

tante, elle prit de la vitesse dans le virage et l'on
vit le jeune homme s'avancer dans une posture de
défi pour lui couper la route et l'inciter à venir sur
lui. On crut comprendre qu'il l'appelait avec des
mots voluptueux.

— Monsieur Gabriel! cria Marie-Jo.

— La ferme! fit Quentin. C'est trop tard...

Le chauffeur n'avait plus le loisir de ralentir...
Immobile, le ventre à toucher le capot, les pieds
joints, Fouquet enveloppa d'un mouvement caressant la carrosserie de la voiture qui filait contre
lui ; un instant, il donna l'impression qu'il allait
abandonner sa veste au flanc hérissé de l'auto,
mais déjà celle-ci l'avait dépassé et, coinçant son
vêtement sous son bras, il libéra sa main droite
pour saluer à la ronde les spectateurs qui s'excla-
maient diversement.

— Ollé! dit-il, en ramassant le mouchoir sur
lequel on distinguait la trace d'un pneu.

Quentin n'en revenait pas. « Quel petit con! »
murmura-t-il. Déjà une nouvelle bagnole jaillis-
sait sur la place dans la fanfare de son klaxon.

— Albert! supplia Suzanne en le retenant par
la manche...

Soleil et trompettes sous le crâne de Fouquet.
L'animal est somptueux. Fort sur pattes, le front
large entre ses cornes comme des phares, il arrive
entier et charge de loin. Encore quelques mètres
et il sera sur lui. Prendre l'ascendant sur le fauve...
Ne pas rompre d'un pouce... s'engager de face...
« Entrant à l'épée par-dessus l'étamine, il plonge

dans le berceau des cornes et accepte la mort pour
mieux la donner, récita-t-il... O-llé! »

La calandre de la Chevrolet, tanguant sur ses
amortisseurs, frémissait contre la cuisse de Fouquet,
qui avait posé une main dominatrice sur le radia-
teur et paraissait radieux. L'énorme engin avait
littéralement freiné sur place et l'on avait pu crain-
dre jusqu'à la dernière seconde que le piéton ne
fût broyé entre les roues. Deux portières claquèrent en même temps ; un homme et une femme se
précipitèrent, le poing levé...

— Qu'est-ce que c'est ? fit Quentin en s'inter-
posant.

La foule grossissait en cercle autour de la voiture
et Fouquet, dont le front ruisselait de sueur, considérait avec affection ce public qui l'encadrait
dans l'hostilité.

— Devant ces personnes qui sont venues voir
leurs morts, c'est une honte!

— Vous allez lui foutre la paix! rugit Quentin.
Vous voyez bien qu'il n'est pas dans son état nor-
mal.

— Justement, dit le conducteur. Je demande
les gendarmes ; qu'on aille les chercher!... Je suis
un professionnel, moi, monsieur, tout ce qui touche à la discipline de la route me concerne. Je
possède deux garages à Domfront, si vous voulez
ma carte...

Les garages à Domfront suscitèrent chez Fouquet
une vague réminiscence. Tournant la tête, il reconnut le père de comment-s'appelait-elle-au-juste.

Il hocha du front en souriant : c'était trop beau!
Il venait de mater le garagiste vrombissant, le
père de famille superbe, et Mme Avoir par-dessus
le marché.

— Ça mérite deux oreilles et un tour d'honneur,
articula-t-il péniblement.

— Qu'est-ce qu'il veut celui-là, encore, gronda
le père de Monique. Où sont ces gendarmes?

— A Bousbir, insinua Quentin avec suavité.

— Vous, j'avais l'habitude de m'arrêter dans
votre restaurant, mais je vous préviens que vous
venez de perdre ma pratique.

— Je me fous bien de votre pratique.

Les gendarmes se pointèrent enfin, très embêtés
comme ils sont toujours lorsqu'ils n'ont pas eu
l'initiative des opérations et qu'il leur faut trancher
entre des assertions délibérément contradictoires.
Ceux-ci, qui se nommaient Garcia et Lalanne, fraî-
chement mutés d'un village des Charentes, n'avaient
pas l'oreille du pays. Autant admettre qu'ils n'entendaient rien à ces témoignages formulés dans le
style bas-normand.

— Holà, carabiniers! Quel mal ai-je fait? pro-
testa Fouquet. Ce public est bien ingrat, je lui
en ai pourtant donné pour son argent. Vous n'allez tout de même pas croire que je désirais écraser
cette automobile. D'ailleurs, vous pouvez constater :
elle n'a pas une égratignure.

Comme ils ne voulaient pas repartir les mains
vides, les gendarmes empoignèrent Fouquet, qui
leur semblait le plus mal habillé, et la foule leur
emboîta le pas une partie du chemin.

— Enfin! s'exclamait le jeune homme, c'est la sortie en triomphe des Arènes ; les aficionados me font conduire à travers les rues. Appréciez, monsieur Quentin, c'est une récompense exceptionnellement décernée à la bravoure et à la science.

— Ne t'en fais pas, petit, je n'ai pas dit mon dernier mot, grommelait Quentin qui suivait avec les autres, la cravate dénouée, le col ouvert, tant il se sentait bouillonner.

Quand Fouquet se réveilla sur un banc de la gendarmerie, qui fleurait la colle d'affiche et le plumier, la nuit gagnait le local et il se demanda comment il s'était endormi dans ce bureau de poste. Devant un des guichets, il distingua la carrure de Quentin, penché sur une lampe coiffée d'une tulipe verte, qui lui répondait d'en dessous.

— Puisque je vous dis que je me porte garant pour lui, répétait-il. Je paie patente ; je suis un commerçant honorablement connu ; il me semble que cela devrait suffire.

Fouquet s'approcha, intrigué.

— Ah! non, dit Quentin, toi reste tranquille.

Le ton ne souffrait pas de réplique.

— Comme vous voudrez, dit Fouquet ingénument. Je vais vous attendre dehors.

— C'est ça, va prendre l'air, ça te fera du bien... Alors, brigadier, vous vous rendez bien compte que c'est innocent, non ? Demain, il sera parti et personne n'en parlera plus... S'il a bu, c'est chez moi. J'en suis responsable. Or, je vous défie en dix ans de relever une seule contravention dans mon établissement. On peut le faire entrer en jeu, ça aussi.

— Je reconnais, monsieur Quentin. Il faut de la délicatesse dans ces histoires entre deux étrangers au pays...

— Mais pardon! Je ne suis pas un étranger, et c'est moi que ça regarde...

— Le plaignant a fait état de relations, mettons importantes, dans le département.

— Bah! Laissez donc tout cela filer sur Paris et foirer en paperasses. Lavez-vous les mains. Parce que je peux vous garantir que mon client connaît du monde, lui aussi, et pas à Domfront, je vous prie de le croire...

— Ça va pour cette fois, dit le brigadier.

Fouquet avait disparu. Quentin le rattrapa beaucoup plus bas dans la rue : il s'enfuyait, les épaules secouées de sanglots.

— Qu'est-ce qui t'arrive ?

— Je ne sais pas ; j'ai honte ; ce sont les nerfs.

— Tu n'es pas cinglé ? Ça n'est pas le jour où tu as réussi ta corrida que tu vas te mettre à pleurer. Mon vieux, il y en a beaucoup qui voudraient en réussir une comme ça.

Fouquet eut un sourire de gratitude et parut s'apaiser.

— Je crois qu'un verre ne me ferait pas de mal, dit-il.

— Possible, admit Quentin, mais pas chez Esnault en tout cas ?

— Non, dit Fouquet, ni à l'hôtel, je n'y tiens pas.

176

Quentin réfléchit un moment, puis obliqua sur la gauche vers le calvaire de Saint-Clare.

— Je vais t'emmener dans un endroit que tu ne connais pas, où nous aurons la paix.

C'était, presque dans la campagne, une bicoque en planches agrippée à la corniche, d'où l'on commandait le développement de la côte étirée sous une maigre lune et l'articulation chaotique des baies et des promontoires. On y accédait par un chemin de douaniers. Quentin traversa un petit enclos, poussa la porte et se tint sur le seuil.

— Albert! fit une voix de femme, ça n'est pas possible!

Il s'effaça pour laisser pénétrer Fouquet.

— Bonjour, Annie. Je vous présente un toréador.

Fouquet découvrit un étroit couloir recouvert de cloisons de bambous, auxquelles étaient accrochés des éventails, des sabres de samouraïs et des potiches en porcelaine, surplus disparates d'un billard japonais. Des lanternes de papier filtraient à mi-hauteur une lumière rougeâtre qui n'éclairait que le sommet des crânes, le reste du visage ayant l'air masqué par un foulard de soie transparente. Annie était une femme sans âge, aux formes parfaites, une Indochinoise sans doute, reconnaissable à ses paupières légèrement bridées.

— Je ne garantis pas que tout cela soit authentique, dit Quentin, mais par grand vent, ça peut faire illusion.

Ils prirent place sur des bancs scellés de part

177

et d'autre d'une des petites tables basses qui s'alignaient en enfilade jusqu'au bar.

— Cet endroit, qu'on nomme le Bungalow, est une sorte de bistrot de passes. A de certaines époques de l'année, les notables y amènent leurs poules ou viennent en rencontrer de nouvelles. Surtout l'hiver, quand on s'emmerde bien sur le plateau ; mais le point culminant c'est Pâques. J'y venais autrefois, tout seul je précise, et j'arrivais à me persuader que de l'autre côté de ces cloisons, il y avait des villes avec des tramways, des coups de sifflets, des drames...

Fouquet perçut avec netteté qu'il n'était plus exactement en présence de l'homme qu'il connaissait : celui-ci jetait sans contrainte des regards autour de lui, ôtait sa cravate et la fourrait dans sa poche, gonflait la poitrine pour aspirer tout le décor et une odeur entêtante d'alambic et de parfum de luxe.

— Qu'est-ce que je vous sers ? demanda Annie.
— Comme d'habitude, dit Quentin.

La femme fut touchée par cette réponse confiante et égoïste, qui impliquait que le monde n'eût pas dû changer durant tout le temps que Quentin lui avait tourné le dos.

— Je vous ferai remarquer que vos habitudes se sont beaucoup espacées depuis quelque dix ans et que ma discrétion légendaire ne m'autorise pas à avoir trop de mémoire.

Elle continuait à s'exprimer avec raffinement, échappant à l'emprise de Tigreville qui l'ignorait, sauf quelques initiés. Caen la ravitaillait ; elle

prenait ses distractions au Havre ou à Cherbourg ;
c'était une fille de port comme Quentin ne parvenait plus à les rêver.

— Vous confectionnez toujours cette espèce de
saké ?

— Certainement, dit-elle. On vient d'assez loin
pour en boire.

— Alors, ce sera deux, fit Quentin en posant
doucement son poing sur la table. On dit saké
par convention, expliqua-t-il très vite pour fuir
le regard de Fouquet, c'est un marc d'alambic
particulièrement tortueux. Tout est faux ici,
mais qu'est-ce que ça peut foutre après une telle
corrida !

— Et votre train ? demanda Fouquet avec une
conviction d'autant plus affaiblie qu'il pensait au
sien.

— Ce sera pour la prochaine fois, plaisanta-t-il
sans gaieté. Mettons qu'il y ait eu un déraillement...
Le tien est raté également.

Depuis la gendarmerie déjà, Fouquet imaginait
Marie assise sur sa valise dans le hall du cours
Dillon. Il pouvait voir exactement l'endroit, sous
les hautes fenêtres que venaient battre les branches
noires du parc. Les aiguilles tournent ; les divisions
se vident peu à peu ; François est parti sans elle.
Peut-être a-t-elle envisagé le miracle d'une voiture,
prolongeant son agonie. Maintenant, elle apprivoise
douloureusement l'angoisse de ne pas comprendre,
plus forte que la déception. Elle n'en veut pas à
son père, elle enregistre le poids de plus en plus
lourd de cette fatalité qui pervertit toutes les entre-

prises où il est mêlé, déplace les réveillons, escamote
les anniversaires, comme s'il était indifférent d'avoir
dix ans quand on en a treize ou de célébrer Noël
le 1ᵉʳ janvier. C'était abominable et pourtant Fouquet s'engourdissait dans une manière de soulagement ; quand on en était là, tout pouvait arriver,
on avait touché le fond...

Ainsi, Quentin se retrouvait avec un verre devant
lui. Il avait encore dans l'oreille les rumeurs de
la place, des montées de colère contre tout le monde,
une grande tendresse pour ce petit frère aux bou-
cles collées qui cavalait derrière ses démons jusqu'au bout. Lui, qu'avait-il fait depuis dix ans ?
Il avait sucé des bonbons en se donnant des bons
points : Premier prix d'Impassibilité ! Premier
prix de Renoncement ! Premier prix de Prudence !...
Pas de vagues surtout, pas de remous ; dix années
parcimonieuses, retranchées derrière des barrica-
des médiocres et un serment. Bien sûr, le serment
était gênant, il n'était pas dans le caractère de Quentin de reprendre ses billes. Mais quelle valeur pouvait conserver un vœu qui était devenu une gageure, une gageure qui tournait à l'entêtement ?
Dieu n'exigeait pas une créature façonnée pour une
seule performance : d'une nature comme la sienne,
il attendait certainement un combat autrement
jaillissant et soutenu. « Et puis, vieil hypocrite,
reconnais plutôt que tu meurs d'envie de boire
un coup, comme les autres, et que l'occasion n'est
pas près de s'en représenter sous un jour aussi fas-
tueux. » Il vit que Fouquet, les jambes croisées
sur le côté, le dos voûté, évitait de le regarder. Le

jeune homme ne se réinstalla en face de lui que lorsqu'il eut avalé la première gorgée, qui lui tira les larmes des yeux ; ensuite, immédiatement, ce fut la chaleur...

— Je vous avais bien dit qu'on serait ensemble après la course de taureaux, dit Fouquet. Ça vous a plu ?

— C'est malin, répondit Quentin, en s'éclaircissant la voix, tu nous as bien inquiétés. Tu cherches donc à te démolir par tous les moyens...

— Ne parlez pas comme un Béotien, dit Fouquet pompeusement. Si vous avez remarqué, je n'ai pas levé une seule fois les talons. Vous êtes arrivé en retard ; vous avez manqué les trois premiers. Le second était bon et venait admirablement à la cape. Au quatrième, j'aurais pu lier une « naturelle » supplémentaire. Quant au cinquième, le dernier, n'en parlons pas...

Pour chasser l'image de Marie et se fondre tout à fait dans l'atmosphère tamisée où il recommençait à flotter, à croire que tous les soucis restaient dans le tamis, il demanda à l'Indochinoise de remplir les verres, sans que Quentin protestât.

— Ce cinquième, je lui aurais volontiers cassé la gueule, dit celui-ci rêveusement. Rien que pour apporter ma petite contribution à la fiesta... Ça n'est pas drôle d'aller chercher son copain au poste ; on a mauvaise conscience de n'être pas dans le coup.

— C'est le corollaire indispensable, vieux, les

corridas sont interdites ici. J'ai quand même obtenu un beau succès.

— Il ne manque plus que Claire, constata Quentin avec assurance. On devait sortir tous les trois, si je me rappelle...

— Laissez Claire ; tout cela se fera en son temps. Nous sommes destinés à nous revoir tous. Je suis décidé à resserrer un peu mon troupeau. On fréquente trop de gens ; on se débite au détail. Il faudrait se livrer totalement.

Quentin acquiesçait par sympathie, mais déjà il ne suivait plus très bien les propos de son interlocuteur ; il s'abandonnait aux surprises de l'escale, qui estompe aussitôt les silhouettes qu'elle dessine. Passé la recherche des premiers accommodements, chacun renonce à enfourcher le cheval de l'autre, emballé depuis des nuits insondables. Pour sa part, après de nombreux détours, il en vint à raconter une histoire de pirates, qui lui tenait particulièrement au cœur, où la garnison anglaise n'avait pas le beau rôle. Il réapprenait une aisance toute neuve, bloquant son torse entre la table et le mur pour parler à la fois à l'intention de la salle, qui était vide, et de Fouquet qui l'écoutait dans le vague.

— Bon, dit-il mollement, si tu es content comme ça, mon petit gars, il serait temps de rentrer à la caserne.

Les voyant se lever, Annie proposa d'offrir la tournée de la patronne. Ils la burent devant le comptoir, la savourant comme un sursis, et, une heure plus tard, ils étaient toujours là, sans inquiétude aucune, pénétrés du bien-être qu'ils ne s'avouaient pas de s'être mis hors la loi. Annie avait désormais son verre contre les leurs et les observait sans trahir son ennui.

— Je bois à l'amiral Rigault de Genouilly, sans qui notre hôtesse, née à Saïgon d'un couple de Nia-Koués, n'aurait jamais eu une patente de bistrot dans le Calvados, lançait Quentin finement.

— A la santé d'El Gallo, le divin chauve, qui estoqua voici trente ans le célèbre taureau Boadbil pour la Merçad de Barcelone! répliquait Fouquet.

— A l'honneur de Francis Garnier, père des Marsouins du corps expéditionnaire!

— A Juan Belmonte, prince des derechazos et du volapié!

— A la mémoire de Negrier, lâchement assassiné dans le traquenard de Lang-son!

— A celle de Manolete, tombé la muleta à la main aux arènes de Linares!

Ils n'étaient pas dupes de ces litanies un peu forcées, mais on ne fraternise pas autrement d'un régiment à l'autre, quand on a le respect de son arme et de son écusson. Le désir de ne pas perdre pied devant le compère les entretenait dans la boisson. A la fin, Annie se crut tenue de les prévenir :

— Sale temps, messieurs : si vous continuez, vous allez vous soûler tous les deux.

Quentin la considéra avec mépris.

— Tu as presque raison, lui dit-il ; quand on est en perme, c'est pour s'amuser. On n'est pas venus ici pour jouer au mah-jong. Fils, on va redescendre en ville.

Cherchant de l'argent dans ses poches, il tomba sur son billet de chemin de fer et le contempla un moment avec hébétude. Puis, il le déchira en deux morceaux, dont il tendit l'un à Fouquet :

— Tiens, et fais-en autant. Comme ça, on ne pourra pas partir l'un sans l'autre.

— Tu sais bien que je n'en ai pas, fit Fouquet piteusement.

Quentin haussa les épaules et froissa ses coupons qu'il jeta dans un cendrier.

— Nous voilà captifs, dit-il sans s'émouvoir.

Dehors, il s'arrêta pour embrasser le large panorama moucheté de petites lumières, où les agglomérations se signalaient par des concentrations laiteuses comme d'un rassemblement de globules sous le microscope.

— J'entends des sirènes, murmura-t-il sur un ton d'extase froide. Nous avons du chemin à faire.

Fouquet ne s'interrogeait même pas sur la destination de cette promenade hésitante qui les ramenait à Tigreville par les voies les plus escarpées ; il ne lui venait pas à l'idée que Quentin venait de basculer dans un domaine fantasque où des années de silence s'assouvissaient. Il suivait docilement, en prenant soin de mettre ses pas dans ceux de son compagnon qui le précédait en fredonnant : « Nuits de Chine, nuits câlines... » Soudain, il le vit trébucher sur un buisson, toussant, suffoquant, éructant...

— N'approche pas ; je n'ai plus l'habitude... La garce d'indigène m'a foutu du poison... Il faut toujours se méfier des bandes à Sun-Ya-Tsen.

Fouquet s'appliquait à soutenir cette tête hérissée de poils gris dont le calibre impressionnant ajoutait à son désarroi. L'incident lui rendait un peu de jugement et il pensait qu'au même instant, il aurait pu arriver à Paris avec son enfant, la conscience à peu près nette, au lieu de prodiguer des encouragements dans le vent d'automne à un vieux défroqué qui ne supportait plus la débauche et dont l'autorité de surface les lâchait en rase campagne. Quentin ne fut pas sans deviner cette évolution et se hâta d'affirmer qu'il se sentait plus d'attaque que jamais, mais il était furieux contre lui-même et, en arrivant aux premières maisons du bourg, il piqua droit chez Esnault :

— C'est bien joli de se bagarrer avec les voitures, mais moi je n'ai pas eu mon compte, figure-toi.

L'heure du dîner était passée et quelques consommateurs revenaient pour la belote du samedi ou attendaient leurs femmes parties au cinéma. La grosse Simone les aperçut la première : le vieux avec son veston maculé, le mufle en avant, les jambes arquées, et le jeune qui s'avançait dans son ombre avec un sourire aux lèvres. Sans s'attacher à la surprise des comparses, Quentin, plus massif qu'une armoire, traversa le café d'une démarche mécanique et dit :

— Calvados.

— Sois le bienvenu, Albert, répondit Esnault en s'efforçant à une courtoisie un peu narquoise... Et toi ? ajouta-t-il à l'adresse de Fouquet.

— Moi aussi.

Quentin fit tourner un moment son verre entre ses doigts, puis l'avala d'un trait :

— Même chose.

Esnault, qui se penchait pour attraper la bouteille, souffla au jeune homme :

— On dirait que tu as gagné.

— Ta gueule, fit celui-ci d'une voix dure.

— Qu'est-ce qui te prend ? D'abord, je croyais
que tu devais partir.

Quentin allongea prestement son bras sur le zinc,
la main à demi fermée comme pour saisir une mouche.

— Esnault, dit-il avec un calme étrange, je
te défends de tutoyer mon camarade. Tu as entendu ? Vous n'êtes pas de la même famille d'individus, lui et toi. J'ai compris que tu avais essayé
de me débiner dans son esprit. Peine perdue. Je
suis habitué à ce qu'on répète des choses dans mon
dos : les jeunes à qui l'on raconte : « Si vous l'aviez
connu ! » et les vieux schnocks qui se gargarisent
au pétrole : « Nous, ça ne nous a pas empêchés de
rester de bons vivants !... » Je me suis toujours tu.
Seulement, toi, tu es une petite ordure...

La même main vint s'aplatir sur la figure d'Esnault qui vacilla contre une étagère, dont un verre
se détacha.

— Et ce n'est qu'un coup de semonce !

Des exclamations s'élevèrent, des raclements
de chaises ; on entendit : « Voyons, Quentin !...
Monsieur Quentin ! » Simone se précipita :

— Vous êtes soûls, tous les deux !

— Et alors ? fit Quentin en se tournant vers
l'assistance, c'est bien cela que vous vouliez, non?...
Vous l'avez !

Esnault retrouvait son équilibre, l'œil mauvais, mais Fouquet le marquait étroitement.

— Albert, dit-il, tu ne remettras plus les pieds chez moi.

— En effet, répondit Quentin. Et cette fois, tu ne te demanderas plus pourquoi. Vous autres non plus, les gars. S'il y en a qui croient que tout cela sera oublié demain parce que j'aurai dessoulé, détrompez-vous. Moi, je ne salue plus, on n'appartient pas au même bataillon.

Les rumeurs ne reprirent que lorsqu'ils eurent franchi le seuil, où ils demeurèrent un moment silencieux, humant une victoire à laquelle Fouquet était enclin à donner des proportions exagérées. Toutes les qualités un peu abruptes qu'il avait pressenties dans le commerce quotidien de Quentin trouvaient un magnifique emploi dans la conduite de l'ivresse ; sans rien rabattre des lubies de la fantaisie, il leur donnait fugitivement force de lois ; avec lui, on entrait dans le monde comme dans du beurre. Il s'en voulut d'avoir douté de lui tout à l'heure, à propos d'une défaillance physique que l'autre semblait avoir parfaitement surmontée, et se sentit prêt à s'enfoncer à son côté au cœur de la Chine révoltée, à retourner comme matelas les bouges de Changhaï, à se faire respecter surtout. Quand on était respecté, tout était plus facile ; il n'était pas trop tard pour y songer plutôt que de continuer à se livrer à des grimaces devant la glace. Il tenta de donner forme aux bouffées de sérieux qui lui montaient à la tête, nuées sans cesse dissipées qui lui coulaient pourtant du plomb dans le cerveau.

— Et ta femme? dit-il. Elle va m'en vouloir.

— Ne parle pas de ça en patrouille, demanda Quentin.

Le souci de Suzanne intervenait rarement durant ses bordées. Il n'était pas de ces sensitives qui se remuent la tripe devant le fait accompli. Un peu plus tôt, quand le sentiment l'avait empoigné qu'il était en train de lui faire de la peine, il s'en était débarrassé en estimant que sa longue retraite lui laissait suffisamment de crédit à la banque conjugale pour qu'il s'autorisât à se vautrer dans cette nuit. Il était déjà très soûl. Maintenant, la mine farouche, il guidait son copain Gabriel à travers une jungle qui était peut-être le parc municipal, parmi des fougères arborescentes qui rappelaient des réverbères, évitant des tuyaux d'arrosage lovés comme des boas.

— Objectif? interrogea Fouquet.

— Blangy, dans la Somme, répondit-il. Il faut que je te présente à mon père.

A partir d'un certain moment, tous les chemins conduisaient au père, mort ou vivant.

— Rassure-toi, ajouta-t-il. On fera des étapes.

Oublieux du rythme cyclique qui gouverne une cuite bien administrée, le jeune homme fut surpris de retrouver son mentor dans le brouillard le plus épais et, par un mouvement de compensation, s'efforça de rassembler quelques lambeaux de raison.

— C'est impossible, Albert, je ne peux pas m'éloigner d'ici.

Quentin s'arrêta et le prit par le revers de son veston.

— Tu as envie de me plaquer, toi. Tu seras porté déserteur.

— Mais non, vieux, mais j'ai une mission à remplir, moi aussi.

— On va la remplir ensemble.

Il ne paraissait pas décidé à lâcher Fouquet. Ils tergiversèrent longtemps.

— C'est ma fille, tu comprends, il faut que j'aille la chercher.

— Eh bien, on va y aller ensemble. Où est-ce qu'elle est cette fille, en perdition?

Quelque chose soufflait à Fouquet qu'il était trop tard pour se rendre au cours Dillon et que la pente était dangereuse; en même temps, il se disait qu'en prévenant Marie, il pourrait sans doute la remmener le lendemain. Rien n'était entièrement compromis. Le lendemain, tout s'arrangerait toujours. On pouvait s'en bercer.

— Ça ne t'épate pas que j'aie une fille? murmura Fouquet.

— Cette bonne blague! s'exclama Quentin, je vais bien chercher mon père...

La côte des Mouettes était plongée dans l'obscurité, à l'exception d'une fenêtre au rez-de-chaussée du collège. Les deux hommes durent accomplir le tour du bâtiment avant de retrouver l'entrée principale. Quentin appréciait ces approches en connaisseur.

— Elle est là-dedans? demanda-t-il. A première vue, les défenses ont l'air assez médiocres. Néanmoins, ne leur laissons pas évaluer la faiblesse de notre effectif.

— Il vaudrait peut-être même mieux que tu ne te montres pas. Tu interviendrais en renfort si j'en avais besoin.

— Laisse-moi passer en tête, suggéra Quentin en serrant les mâchoires.

Fouquet dut expliquer à son compagnon que le rôle de premier attaquant lui revenait par privilège de paternité pour que celui-ci acceptât de demeurer à couvert dans le renfoncement d'une haie où il se tapit avec des précautions dérisoires. Alors, il se hasarda à sonner bien faiblement. Cependant, l'anxiété qui faisait battre son cœur agitait l'alcool dans son sang et, lorsqu'il s'y fut repris en vain à plusieurs fois, il quitta toute discrétion.

— C'est une insulte, dit Quentin en le rejoignant. Le pavillon est humilié. N'hésitons plus : sautons dans l'ouvrage, j'ai découvert un passage dans le redan de verdure.

Malgré lui, Fouquet lui emboîta le pas et, en s'écartant mutuellement des fils de fer, ils parvinrent à l'abri des arbres jusque devant la porte strictement verrouillée.

— Avec un obusier de 37, on en viendrait à bout, décréta Quentin, et il s'oublia à frapper de grands coups dans le battant.

Une lampe s'alluma sous la marquise ; la porte s'ouvrit presque aussitôt ; Solange Dillon, la nièce, apparut dans une robe de chambre écossaise. Elle n'était pas fardée et son visage altier se durcissait sous ses cheveux tirés pour la nuit, qui avaient la teinte du granit. La dernière marche du perron lui faisait comme un socle. Elle toisa de haut ces deux individus débraillés, dont l'attelage disparate donnait à flairer le drame.

— C'est vous, monsieur Quentin, qui provoquez ce tapage à cette heure respectable et vous introduisez dans les propriétés privées. J'avais cru entendre que vous poursuiviez une convalescence souhaitable. Vous serait-il arrivé malheur?

— Quartier-maître Quentin Albert du corps expéditionnaire d'Extrême-Orient, détaché à Tchoungking, fit Quentin en esquissant un garde-à-vous. Nous venons prendre livraison de la fillette. Veuillez nous la remettre dans un délai de trois minutes à compter de maintenant ou vous aurez effectivement des nouvelles de ma santé.

Il était difficile de mesurer jusqu'où allait la plaisanterie. Fouquet, partagé entre l'irritation où le plongeait le regard méprisant de Mlle Dillon, la crainte qu'on lui refusât Marie et le désir de se solidariser avec Quentin, ne savait quelle contenance adopter.

— Je suis le père de Marie Fouquet, dit-il enfin.

— Je vois! s'exclama ironiquement la directrice. Eh bien vous vous êtes fait attendre, mais je m'en explique mieux les raisons.

— Voulez-vous me donner Marie, oui ou non? demanda-t-il timidement, presque suppliant, ignorant l'étendue de ses droits, sinon de ses devoirs, et plus que les imprécations de Quentin, cette timidité balbutiante fit une impression déplorable sur Mlle Dillon.

— Maintenant! dit-elle. Mais ici les enfants sont au lit à neuf heures, monsieur, que penseraient les mamans?

— Moi, je pense que l'aiguille tourne, intervint Quentin, très résolu.

— Il me semble que nous pouvons prendre la petite avec nous, n'est-ce pas, Albert? On se débrouillera bien pour la coucher.

La suggestion demeura sans réponse, car l'infirmière bourguignonne, brassant des voiles et traînant des savates, venait d'apparaître pour jurer ses grands dieux qu'elle connaissait ce monsieur et qu'il ne pouvait pas être le père de Marie Fouquet puisqu'il était un ami de la famille, ce qui n'est pas incompatible sous un certain état des mœurs, mais méritait néanmoins un examen plus approfondi. Les discussions qui s'ensuivirent furent heureusement interrompues par les appels de Victoria Dillon que ce remueménage intriguait : « *Hello !... What happens ! Who is coming ?* »

— Si l'Anglais est déjà dans la place, je ne m'étonne plus, ricana Quentin.

Il était pourtant étonnant, le spectacle de cette vieille dame roulant son fauteuil à toute allure en s'efforçant de réprimer sur son visage la curiosité indécente qui la dévorait. Ce double mouvement de flux et de reflux imprimait à sa

personne une immobilité vibrante où se reflé-
tait assez exactement la situation tendue entre
les assiégés du cours Dillon et leurs agresseurs :

— A moi! dit Quentin. Les Anglais, je sais
comment il faut leur parler, et en français encore. Ils n'ont qu'à essayer de comprendre, c'est
bien leur tour.

— Tu perds ta salive, elle est Française, dit
Fouquet.

— Ouais! comme le colonel Lawrence était
Arabe...

Et il l'entreprit aussitôt, références anecdo-
tiques à l'appui, sur les procédés de la conquête
britannique, dont l'intransigeance perfide sévis-
sait jusque dans les rapports entre les matelots,
sous-officiers et officiers mariniers des deux nations. Il reçut en retour une salve de propos
distillés avec l'accent d'Oxford, où un esprit
plus averti eût décelé que Victoria Dillon était
parfaitement d'accord et même intéressée. Mais
Quentin n'entendait pas l'anglais et les esprits
plus avertis débattaient d'un autre problème qui
était de savoir si l'on réveillerait Marie pour lui
demander de trancher la question de l'identité
de Fouquet. La directrice s'y opposait formel-
lement :

— Demain, si vous voulez, quand vous serez
davantage en état de l'accueillir, si vous m'au-
torisez à vous le dire en face.

Elle escomptait bien mettre à profit ce délai
pour obtenir un complément d'information. A
bout de forces, Fouquet capitula. Il avait loin-

tainement conscience de risquer gros dans cette affaire.

— Quoi! fit Quentin en apprenant l'issue de la négociation. Mais c'est Fachoda encore une fois!...

— Laisse tomber pour ce soir, on s'en va.

— C'est trop vite amener les couleurs, ça. J'entends que nous sommes entre alliés, concessionnaires à égalité des responsabilités impliquées par l'existence de cette petite fille, et que tous les tours de cochon sont permis. Encore faudrait-il y apporter les formes et contreparties...

Se penchant sur le fauteuil de la vieille dame, et agitant l'index sous son œil perplexe, il ajouta :

— Je m'adresse au chef de poste pour qu'il fasse savoir à ses hommes que nous sommes d'accord pour remettre à demain, afin de ne pas assumer la charge d'une rupture diplomatique. En revanche, j'exige que dimanche, à dix heures, l'enfant soit conduite à mon P. C. avec armes et bagages, sans qu'il soit touché à un cheveu de sa tête. Vous pouvez considérer ceci comme un ultimatum.

A son tour, la directrice céda pour se débarrasser de ces vagabonds en goguette ; c'était le diable si d'ici là elle n'apprenait pas à quoi s'en tenir sur leur compte. Quentin et Fouquet s'enfoncèrent à nouveau dans la nuit, le crâne lourd, la bouche collante, le cœur mou pour des raisons qu'ils ne partageaient pas.

— C'est toi qui commandes, remarqua Quentin, mais reconnais que l'opération n'a pas été brillante. En Chine, il fallait davantage de fermeté, à l'époque dont je te parle...

— Tu ne crois pas qu'on y va un peu fort?

— Ah! non, dit Quentin, pas toi! Tu as eu ce que tu voulais, toi aussi... Moi, je voudrais qu'on sache qu'un jour un jeune homme et un vieux se sont avancés ensemble vers...

Il eut un geste ample.

— Vers quoi, au juste? demanda Fouquet sans enthousiasme.

— Je ne sais pas. Il fait trop sombre dans ce sacré bled. Quand tu penses aux autres villes! Je me dis que ce serait peut-être le moment de lui balancer une fusée éclairante, un rêve de fusées éclairantes... Pour le peindre un peu en rouge.

— Une fusée?

— Ben oui, de bons gros pétards pour le réveiller un peu, pour lui dire qu'on existe, qu'il existe peut-être lui aussi. J'en ai contemplé des feux d'artifice ici durant la dernière guerre. Dans un sens, on y voyait mieux qu'aujourd'hui. Il doit bien en rester quelque part, comme des mines dans la falaise, comme des armes cachées, comme des passions silencieuses...

— Tes fusées, tu les trouveras autour de l'église, dit Fouquet entraîné malgré lui. Chez un barbu que je connais. Cet homme-là, c'est le passé en boutique et le secret en conserve.

— C'est l'évidence même, admira Quentin. Camarade, j'avais parlé trop tôt : tu es un véritable chef ! D'autant plus que ce barbu va nous offrir à boire, il est de nos amis.

Quelques minutes plus tard, les deux hommes débouchaient sur la place de l'église, où l'écho de leurs pas montait jusqu'au clocher. Fouquet se reprenait à quelque fierté, imaginant qu'il révélait au vieux une sorte de fumerie d'opium que celui-ci eût ignorée. La devanture de Landru encombrée de dépouilles sommeillantes évoquait le double fond, les activités masquées ; un rayon de lune frappant aux soupiraux accréditait l'illusion qu'il se tramait quelque chose dans le sous-sol.

— Nous n'avons pas le mot de passe.

— Il suffit de se faire reconnaître, décida Quentin en ramassant une poignée de graviers qu'il expédia vers les fenêtres du premier étage.

Landru ouvrit ses volets, comme sonnaient onze heures, et on eût dit l'apparition d'un coucou. Cette vision d'opérette acheva de ragaillardir Fouquet. Un manège qui tourne, qui n'a jamais fini de descendre et de remonter, voilà ce qui faisait le prix de ces nuits. Après explications, supplications, altercations, Landru descendit leur ouvrir sa porte.

— La femme dort, fit-il sinistrement. Allons dans l'atelier.

— Apporte du marc, dit Quentin, le marché est important.

Ils prirent place autour de la bouteille, dans une resserre encombrée de caisses et de ballots d'étoffes. Quentin cramoisi s'était installé sur un coffre et parlait avec une précision appliquée qui flattait l'oreille de Landru. Quand il eut terminé, l'autre se gratta la tête avec importance.

— Dans le butin de guerre, dit-il je n'ai pas ce qu'il vous faut. De l'occupation comme de la libération, je n'ai conservé que ces quelques lots de combinaisons et de soutien-gorge en fibres de pataraz, butin de guerre en dentelle s'il en fût. Pas une fusée d'alarme, pas une balle traçante. Cependant, par extraordinaire, je vais peut-être pouvoir vous dépanner et au-delà, si vous admettez comme moi que l'industrie des États ou des sociétés anonymes ne pèse pas le poids devant le travail de l'homme de métier.

Quentin et Fouquet en convinrent aisément.

— Je possède dans mes fontes l'un des chefs-d'œuvre de l'artisanat pyrotechnique, reprit Landru... Tu n'es pas sans te souvenir, Albert, de cette fête costumée que Sir Walter Kroutchtein avait envisagé de donner, vers les années 30, et qu'il dut décommander à la suite de son krach ; il lui en était resté sur les bras un feu d'artifice signé par l'incomparable maître Ruggieri. Je l'ai acquis à vil prix, je suis prêt à te le céder de même.

— Tu passeras à l'hôtel te faire régler la semaine prochaine, dit Quentin. On peut voir ?

— Je sais que ça fait toujours drôle à entendre, dit Landru à l'adresse de Fouquet, mais vous êtes assis dessus.

L'arsenal consistait en une vingtaine de caissons, dont ils firent scrupuleusement sauter le couvercle pour vérifier l'état de conservation.

— Tout cela est parfait, fit Quentin. Il ne nous reste plus qu'à le transporter sur la plage. Naturellement, tu nous accompagnes?

— Moi, dit Landru, tu n'es pas fou! Ma femme?

— Et la mienne, la sienne, les leurs?... c'est pour nos femmes, au fond, que nous faisons cela!

— J'aurais aussi bien vu d'ici.

— Pas question. On ne rigole pas les uns sans les autres.

— Alors, juste pour vous donner un coup de main, dit Landru. Le temps de passer une blouse.

Ils durent accomplir plusieurs voyages jusqu'à la petite crique. Le programme prévoyait en annonce : « Vingt-trois marrons d'air et dix bombes étoiles multicolores. »

Au Stella, l'animation ne parvenait point à s'éteindre. Les étrangers s'attardaient à la salle à manger, se coinçaient dans les escaliers, les corridors, pour de longs palabres en charabia. Marie-Jo bâillait et allait faire de fréquentes visites à Suzanne pour se stimuler dans les vapeurs du drame, comme on se pince. Mme Quentin laissait peu paraître du désastre qui l'habitait. La valise d'Albert était restée sur la table et l'on avait aligné celle de Fouquet à son côté, comme deux cénotaphes. Les catastrophes ne choisissent pas les victimes qu'elles font voisiner.

A la première déflagration qui ébranla l'immeuble, Suzanne — et cette opinion fut partagée par la majorité des Tigervillois — crut qu'une mine venait de sauter ; la menace n'en était ja-

mais tout à fait écartée des préoccupations lo-
cales. Celle-ci avait ému, les autres intriguèrent.
Bientôt des bruits de courses et des exclamations
parcoururent les rues. Suzanne se rendit sur le
pas de sa porte : au ciel, dans le fracas des explosions, les « Saxons papillons » butinaient les « Éventails à surprises », les « Flox rotatifs » s'égaraient
dans les « Jardins suspendus ».

— *Very nice!* s'extasia un Anglais. *Is it* Son
et Lumière ?

Suzanne était bien décidée à ne pas suivre les
gens qui dégringolaient vers le boulevard Aristide-Chany, quand Esnault l'interpella avec une
joie maligne :

— Félicitations, madame Quentin, il paraît
qu'Albert est sur la plage ?...

Elle s'élança à son tour. Une petite foule était
rassemblée à l'extrémité de la digue-promenade
vers la côte des Mouettes, dont les contours s'em-
brasaient sous les flots d'une « Cascade féerique
à effets multiples avec quinze ifs à jets de couleur,
accompagnée d'un assaut de quarante bombes
orientales ». Elle reconnut son mari et Fouquet
dans ces silhouettes saccadées et fuligineuses qui
passaient en un instant de l'ombre à la lumière,
galopaient sous un éclairage panique, entre les
blockhaus, boutaient l'étincelle aux postes de
feu. L'image imposait si fortement le spectre de
la guerre, malgré les chrysanthèmes au magné-
sium, que quelqu'un ne put s'empêcher de re-
parler des mines et qu'il s'ensuivit une grande
confusion jusqu'à ce que des volontaires se fussent

proposés pour aller rechercher les artificiers téméraires.

Fouquet s'activait à combiner une batterie de chandelles romaines, en admirant de temps en temps Quentin, le torse ruisselant de sueur, le visage barré de fumée, qui disposait les éléments du « Grand Bouquet moderne final : une centaine de bombes tous calibres et toutes catégories » (sic), lorsque son compagnon l'attrapa aux épaules :

— Regarde, foutons le camp.

Sur le sable, les sauveteurs menaçants s'amenaient de front pour leur couper la retraite et, légèrement derrière eux, on distinguait Suzanne prête à parlementer. A l'abri de l'écran provoqué par l'éclat éblouissant du Grand Bouquet, Quentin entraîna Fouquet vers les rochers. Le départ tournoyant des comètes au-dessus de leurs têtes leur dessinait des auréoles de saints. Landru avait disparu depuis longtemps.

— Si tu en as la force, on va essayer d'escalader la falaise pour gagner directement le plateau.

Ils commencèrent l'ascension, dans les éboulis d'abord, ensuite en s'accrochant aux racines des sapins rabougris qui essayaient de pousser sur le roc. Quentin était prodigieusement robuste pour son âge, Fouquet s'essouffla le premier et demanda un répit.

— Tu te sens mieux, dit-il avec rancœur, tu te sens mieux quand tu me donnes la leçon de gymnastique.

Quentin éclata d'un grand rire :

— Petit con! c'est des trucs que l'on ne fait que lorsqu'on est soûl. Suis-moi. Je ne veux pas te livrer à la foule.

— Pourquoi moi?

— Parce que c'est sûrement à toi qu'ils en veulent. Moi, ils me connaissent ; ils savent qu'ils ont besoin de quelqu'un qui soit tout bon ou tout mauvais, une valeur sûre. Mais toi, qui es venu exprès pour me pervertir, c'est différent.

— C'est toi qui les as déçus, ils vont te lapider.

— Eh bien, on mourra ensemble. Viens par ici.

— Où est-ce qu'on va dormir?

— Dans une grange ; j'y allais souvent au moment du débarquement.

Hautes, désolées, les campagnes attendaient. Quentin reconnut le champ de luzerne, l'étable, le mur calciné.

— On est arrivé, Gabriel.

Le jeune homme regarda autour de lui. Au loin, vers le rivage, les perles de la Manche reposaient dans leurs écrins tranquilles. Il se coucha dans les herbes sèches et sombra aussitôt. Quentin s'allongea bientôt auprès de lui. Le sommeil les prit virilement.

CHAPITRE VII

Quentin s'éveilla le premier. Il faisait un petit temps gris secoué par le son des cloches. Une mouche tournait autour d'eux, la dernière de la saison, la seule du pays. Il fut tenté d'y voir un symbole de la malédiction, mais le spectacle de Fouquet rencogné, la tête sous sa veste, le rasséréna. Des aventures de la veille, il gardait une mémoire confuse dominée par l'impression que le jeune homme était le père d'une petite fille et la chose lui parut si cocasse qu'il n'hésita pas à le secouer pour en recevoir la confirmation. C'était donc vrai! Pour une fois, les imaginations de l'ivresse prenaient corps. A partir de Marie, ils s'efforcèrent de reconstituer les itinéraires et les caprices de leur nuit, tout en corrigeant le débraillé de leur tenue. Cette toilette de bivouac, face au large, leur rendit des forces. S'ils présentaient encore tous les signes extérieurs du vagabondage, les cheveux emmêlés, la barbe agressive, les vêtements fripés, l'âme était demeurée assez fraîche. Fouquet se rappelait surtout que sa fille allait lui être rendue à dix heures ; Quentin se souvenait d'avoir fait régner sa loi chez Esnault. Le scandale du feu d'artifice, qui s'était déroulé à un stade beaucoup plus avancé, leur parvenait sous un jour atténué. Ils évitaient d'approfondir, mais pressentaient qu'il y aurait des souvenirs à creuser dans cette direction. Ils en étaient au moment où les fautes partagées semblent légères, où, avec un petit coup de pouce, La Guillaumette et Croquebol rejoignent Oreste et Pylade. En vérité, ils sifflaient pour se donner du courage.

Par un cheminement tortueux, une image revint à Quentin, qui représentait Clovis, roi des Francs, ondoyé par saint Remi, et il sut qu'il faudrait toujours en arriver là :

— Dis donc, si Clovis ne s'était pas fait baptiser après sa victoire, qu'est-ce que tu penserais de ce gars-là ?... Qu'il fut un parjure et un renégat ?

— Sans doute, dit Fouquet, mais ce n'est pas le jour à se faire du souci pour Clovis.

— Inutile de te dire, insista Quentin avec une pointe de sublime, que c'est à l'endroit même où nous nous trouvons que j'avais fait le vœu de ne plus boire.

Fouquet vit que son compagnon était en voie de s'assombrir.

— Ce qui est fait est fait, dit-il. D'ailleurs, j'ai entendu raconter que dans les cas de reniement d'une certaine gravité, on entendait le coq chanter, or il ne me semble pas...

— Tu as raison, dit Quentin, il sera temps

d'y repenser demain. J'en parlerai à mon père.

— Tu comptes toujours aller à Blangy ?

— Pourquoi pas, puisque tu pars, toi aussi.

— Il faudrait peut-être se rapprocher un peu, suggéra Fouquet, on aura passé un bon moment ensemble.

Il n'osait parler ouvertement de rentrer en ville.

— Soit, consentit Quentin en passant sa grosse main dans ses cheveux. Je me suis laissé dire qu'il existait une sympathie particulière entre les matinées, avec ou sans chant du coq, et le petit vin blanc. Puisque le mal est accompli...

Depuis le réveil, chacun hésitait à se hasarder sur ce chapitre de la conduite à adopter jusqu'à la séparation : feindrait-on de brûler ce qu'on avait adoré ? Courrait-on le risque de se foudroyer d'entrée de jeu ?

Fouquet lui fut reconnaissant d'avoir parlé le premier, et il comprit que Quentin avait besoin de ventiler ses remords. Lui-même...

— Comme tu voudras, dit-il, mais soyons prudents.

Une heure après, lorsqu'ils furent en vue du Stella, ils aperçurent dans le jardin un massif de têtes inclinées vers la plaque commémorative du soldat canadien. Le maire, un peu à l'écart, lisait une petite allocution en quatre langues, d'une grande sobriété, qui tenait peut-être à la modestie de son vocabulaire, mais frappait exactement. La note comique tenait dans la poche du président de la Tiger-City Legion, qui avait glissé entre deux phrases de sa réponse une allusion à la superbe fête de nuit donnée en l'honneur de ce meeting annuel. Cela, Fouquet devait l'ignorer toujours. Quentin le tira par la manche. Albert s'était à nouveau laissé aller violemment au bar du Rayon Vert, dont ils arrivaient, et avait même cédé à un mouvement d'attendrissement ou de fatigue soudaine à l'idée de quitter le jeune homme : « Qu'est-ce qu'il me reste à attendre ?... » Ses yeux étaient maintenant à la fois battus et brillants.

— Passons par-derrière. Demeurons entre nous... Et puis, mon vieux, il me revient un truc que j'avais oublié : mon vieux, c'est toujours quand il y a une cérémonie ou une circonstance dans laquelle il ne faudrait pas qu'on trouve le moyen de prendre la cuite. Ça ne rate jamais ; c'est comme le vertige, plus tu veux faire attention, plus tu tombes...

Ils se glissèrent dans la cuisine déserte et Fouquet eut un serrement de cœur en revoyant le décor des paupiettes ; un siècle avait coulé... Mais Marie était dans le hall entre Suzanne et Mlle Dillon, assise sur sa valise comme il l'avait imaginée et les barrières qui s'effondraient à cet instant emportaient tout sur leur passage. Après les longues stations sur la plage, c'était comme si les personnages d'un tableau eussent soudain rompu la pose pour s'élancer hors du cadre. Elle lui sauta au cou. Sans doute un clairon sonnait-il devant la façade de l'hôtel :

— En vertu des pouvoirs qui me sont conférés, murmura Quentin...

— Tu piques, dit Marie à son père, c'est bon.

— C'est comme les châtaignes, tendres au-dedans.

La directrice s'approchait sur ses souliers plats.

— Je vous signale que vous avez un train avant le déjeuner. Vous n'avez plus de temps à perdre.

— En effet, dit Fouquet et il chercha Albert du regard.

Quentin parlait avec Suzanne, sans humilité, sans hargne. Celle-ci lui répondait, sans colère, sans tristesse. Qu'échangeaient-ils ? Peut-être des secrets de vieillesse ? Fouquet prit Marie par la main et l'amena vers le couple pour lui donner un peu de paix.

— Je pars aussi, dit Quentin. Nous partons ensemble. Je rejoindrai bien Blangy d'une manière ou d'une autre.

Fouquet interrogea Suzanne qui répondit par un haussement imperceptible des épaules. Cela n'était pas de son domaine. Elle les conduisit pourtant jusqu'à la grille et les vit s'éloigner tous les trois dans la brume qui se déchirait. Albert avait saisi l'autre main de la fillette.

— Je ne peux quand même pas lui refuser aussi ces enfants-là..., pensa-t-elle en refermant la porte.

Les deux hommes, guidant Marie avec des attentions exagérées, avaient l'air bien maladroit dans la montée de la gare. Très vite, elle préféra marcher devant.

— Trois générations qui ont besoin de s'habituer les unes aux autres, dit Quentin l'œil mouillé.

Parfois on s'y prend trop tard. Ce soir, quand je serai redevenu un fils à mon tour, je n'y comprendrai plus rien.

Fouquet ne répondit pas. Sur l'autre trottoir, les deux filles du Chemin Grattepain descendaient vers l'église en se donnant le bras. Le voyant avec une valise, elles se retournèrent plusieurs fois sans laisser paraître le moindre sentiment.

— Tu les connais ? demanda Quentin.

— Non. Ce sont des filles du dimanche.

Des filles du dimanche, de celles qui vous obligent de temps en temps à relever la tête, à donner vacance à la tristesse et à la veulerie, il y en avait dans tous les villages du monde pour rétablir l'équilibre ; et c'était peut-être les garçons qui les inventaient.

Quentin avait accompagné Fouquet et Marie jusqu'à leurs places. Il ne descendit pas du wagon quand le convoi s'ébranla.

— Albert, ça n'est pas ton train ?

— Qu'est-ce que ça peut faire ?

— Et ton billet ?

— Je me débrouillerai bien.

— Ça ne te ressemble pas.

— Tu me connais mal.

Marie ne semblait pas apprécier beaucoup cette présence trop forte qui, par moments, avait d'étranges abandons dans le regard en la considérant. Elle se recroquevillait sur la banquette et ne répondait qu'avec une certaine gêne aux sollicitations de son père. Celui-ci, de son côté, se reprochait d'éprouver à l'égard de son vieux compagnon la même impatience qu'il devinait naguère chez ses complices des matins d'ivresse, quand l'heure avait sonné de rentrer chez soi. Le déraciné aujourd'hui, c'était ce chêne un peu encombrant qui multipliait les grâces. Aussi se produisit-il une sorte de soulagement quand il se leva, aux abords de Lisieux.

— Je vais changer là ; je dois trouver une correspondance vers Amiens ; j'ai tout mon temps. Ils me verront quand même. Bonne Toussaint, mes enfants, les vrais revenants, c'est encore les vivants...

Ils le perdirent de vue dans le brassage des compartiments. Mais il réapparut à l'instant que le train allait partir. Il se tenait sous l'horloge, un peu caché derrière le pylône, et scrutait dans leur direction, sans un signe de tête, sans un geste, ses deux bras pesants tendus le long de son corps échancrant davantage le col de sa chemise de paysan, ses mains aux taches brunes croisées derrière son dos. Comme la locomotive s'ébranlait, il se mit brusquement à courir à leur hauteur :

— Tu reviendras, dis, tu reviendras!...

— Et toi ? trouva le moyen de répondre Fouquet dont la gorge se nouait.

— Je reviendrai, vieux, je reviendrai!...

Les voyageurs regardaient avec sympathie cette enfant et son père et celui-ci sentait qu'il ne le méritait pas. « Il est bizarre, ton ami », avait dit Marie avec un peu de supériorité dans la voix et cette remarque l'avait irrité. Il songeait au vieil homme qui allait échouer à la gare de Blangy, comme autre-

209

fois, et faire sa scène au portillon, cabotin flambant à la reprise de son grand succès. Le Jour des Morts, cela tomberait particulièrement bien. Les vrais revenants...

— Je vois que tu portes le chandail que je t'ai envoyé, dit-il sans pouvoir réprimer une intention polémique.

— Tous les jours, dit-elle tranquillement.

Premier mensonge, qui n'en était peut-être pas un, dont il ne possédait pas la clef. Au bout d'une heure, il était déjà débordé! Avec ce merveilleux instinct des enfants qui savent où il faut frapper, Marie sut se faire plus petite qu'elle n'était, au bon moment :

— Raconte-moi une histoire, demanda-t-elle en se blottissant un peu.

Fouquet ne savait pas d'histoire.

— Inventes-en une. Tu le faisais quand j'étais jeune, insista-t-elle comiquement.

C'est alors qu'il lui raconta celle du singe en hiver.

— Elle est vraie, dit-il, mon ami de tout à l'heure me l'a apprise, il n'y a pas longtemps : aux Indes, ou en Chine, quand arrivent les premiers froids, on trouve un peu partout des petits singes égarés là où ils n'ont rien à faire. Ils sont arrivés là par curiosité, par peur ou par dégoût. Alors, comme les habitants croient que même les singes ont une âme, ils donnent de l'argent pour qu'on les ramène dans leurs forêts natales où ils ont leurs habitudes et leurs amis. Et des trains remplis d'animaux remontent vers la jungle.

— Il en a vu des singes comme cela ?

— Je crois bien qu'il en a vu au moins un.

— Le singe imite l'homme, fit-elle machinalement.

— Qu'est-ce que tu dis là ?

— Ce qu'on dit entre camarades pour se faire enrager.

De grands pans de mur obscurcirent les vitres. Après s'être faufilé entre les aiguillages, à travers un taillis de colonnades électriques, le train s'enfonçait dans les tranchées par où s'annoncent les gares de banlieue.

— Notre forêt approche, dit Fouquet.

Il la retrouva tout entière en descendant les escaliers de la gare Saint-Lazare, dans les exubérances du néon. Au bas des marches, un mendiant, un cul-de-jatte, des plus lamentables, fredonnait aigrement une romance, la main tendue. Passa un monsieur opulent dans une sorte de pelisse, qui ne vit pas cette main ou la refusa. Mais, quelques mètres plus loin, Fouquet put constater que c'était lui qui sifflait la romance et n'avait pas l'air de s'en trouver mal... Une forêt où l'aumône s'exerçait dans un drôle de sens.

— Après tout, pensa-t-il, Quentin lui aussi repart avec ma chanson sur les lèvres. Peut-être a-t-il pris le fardeau avec et suis-je un mendiant qui va se remettre en marche.

Déjà Marie se précipitait vers un taxi, il l'arrêta sans aucune honte, songeant aux itinéraires d'Albert :

— Ma chérie, prenons l'autobus pour apercevoir Paris ensemble.

— Il y aura des encombrements.

— Tant mieux.

— Papa, dit-elle, je ne veux pas repartir ; je ne veux plus rester dans cette pension. Les autres sont trop grands pour moi.

— Tu as raison, répondit-il. Nous allons essayer de refaire notre vie.

— Tu viendras à la maison ?

— Demain, peut-être...

Mais ce soir-là, il alla jusque chez Claire, constata qu'il y avait de la lumière, n'osa pas sonner. Demain peut-être...

Il prit une chambre dans l'hôtel le plus proche, sans qu'elle s'en doutât, ils entendaient les mêmes cloches, appartiendraient à la même paroisse, et c'était déjà cela.

Il se pencha longtemps à la fenêtre, écoutant les bruissements de sa forêt retrouvée, puis, refermant ses volets, il se dirigea vers la glace en déclarant :

— Et maintenant, voici venir un long hiver...

DU MÊME AUTEUR

Aux Éditions de la Table Ronde :

L'EUROPE BUISSONNIÈRE.

LES ENFANTS DU BON DIEU.

UN SINGE EN HIVER.

L'HUMEUR VAGABONDE.

MONSIEUR JADIS OU L'ÉCOLE DU SOIR.

COLLECTION FOLIO

Impression Bussière à Saint-Amand (Cher),
le 31 août 1989.
Dépôt légal : août 1989.
1ᵉʳ dépôt légal dans la collection : juin 1981.
Numéro d'imprimeur : 9317.
ISBN 2-07-036359-7./Imprimé en France.

47240